나뭇잎으로
살아서 미안해
낙엽으로
갚아줄게

나뭇잎으로 살아서 미안해 낙엽으로 갚아줄게

초판 1쇄 발행 2019년 1월 11일

지 은 이 김예진
발 행 인 권선복
편   집 유수정
디 자 인 유수정
전 자 책 서보미
발 행 처 도서출판 행복에너지
출판등록 제315-2011-000035호
주   소 (157-010) 서울특별시 강서구 화곡로 232
전   화 0505-613-6133
팩   스 0303-0799-1560
홈페이지 www.happybook.or.kr
이 메 일 ksbdata@daum.net

값 15,000원
ISBN 979-11-5602-686-0 03810

도서출판 행복에너지는 독자 여러분의 아이디어와 원고 투고를 기다립니다.
책으로 만들기를 원하는 콘텐츠가 있으신 분은 이메일이나 홈페이지를 통해
간단한 기획서와 기획의도, 연락처 등을 보내주십시오. 행복에너지의 문은 언
제나 활짝 열려 있습니다.

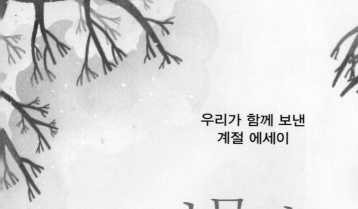

우리가 함께 보낸
계절 에세이

나뭇잎으로
살아서 미안해
낙엽으로
갚아줄게

김예진 지음

도서
출판 행복에너지

김상운 목사 (여의도 침례교회 목사)

평범한 것이 비범하게 되는 순간이 있습니다. 회
고하며 의미를 부여할 때입니다. 일상은 평범해 보
입니다. 하지만 다시 생각하는 순간 새로운 의미가
주어집니다. 워킹맘 김예진 작가님의 이야기들은
같은 시대 비슷한 고민을 안고 살아가는 우리 모두
에게 하나의 가슴 찡한 울림이 될 것이라고 믿습니
다. 평범하기만 한 것 같은 우리의 일상이 사실은 진
기한 일들로 가득 차 있음을 보게 하는 새로운 눈을
열어줄 것입니다. 도서추천을 주저할 이유가 하나
도 없습니다. 즐거운 마음으로 일독을 추천합니다.

최민석 (㈜앤커웨이브 대표)

만나면 밝은 에너지가 느껴지는 사람이 있습니다. 김예진 작가를 처음 봤을 때 그랬습니다. 김 작가는 방송작가란 직업상 다양한 사람들을 만나고 인터뷰 해온 덕분인지 일적으로 만났지만 우리 회사 직원들과도 자연스런 어울림과 배려가 있어 편안함을 주는 사람입니다.

그 편안함이 책에서도 고스란히 느껴집니다. 우리 속담에 '말 한마디면 천 냥 빚도 갚는다'고 했습니다. 이 책을 보면 '미안해', '고마워'와 같은 흔하디 흔한 그 말이 우리 삶에서 때로는 얼마나 강력한 힘을 발휘하는지를 깨닫게 됩니다. 또, 그 따뜻한 말 한마디가 전해주는 온기와 같은 내용과 글 속에서 우리가 살면서 소소한 행복을 얼마나 많이 놓치고 살았는지 잠시 돌아보게 됩니다. 이 책을 통해 잠시나마 잔잔한 마음속의 울림과 진한 감동을 경험해 보실 수 있기를 소망합니다.

조규식 (㈜유한킴벌리 부장)

소확행, 워라밸, 가심비…. 평범한 일상생활을 살아가는 평범한 사람들 속에서 나온 단어일 테죠. 평범함 일상생활 속에서 일어나는 일들을 담은 김예진 작가님의 이야기를 읽으면서 같은 시대를 살고 있는 우리네 모습에 대해 잠시 생각에 빠지게 되네요.

스펙터클한 액션, 감동적인 로맨스, 미궁 속에 빠진 추리보다 때론 우리가 살아가고 있는 현재 삶이 더 스펙터클하고, 로맨틱하다는 생각이 드네요. 평범한 삶을 살아가고 계신가요? 이 책을 읽으면 고개가 끄덕여질 겁니다.

평범하지 않은 삶을 살고 계시다구요? 여기 평범한 일상을 느껴보세요.

이기수 (㈜더헤르첸 대표)

살다 보면 평범함과는 먼 삶을 동경하게 될 때가 많습니다. 하지만 시간이 지나면 금세 평범함이 얼마나 행복한 삶인지를 깨닫게 됩니다. 이 책을 읽는 순간 꾸며지지 않은 '우리'를 만나는 시간이란 생각이 들었습니다. 자녀, 가족, 연인, 부부, 부모…. 어쩌면 '우리'가 경험하게 되는 삶의 과정은 크게 다르지 않습니다. 그 평범한 일상에서 진정한 행복과 삶의 가치가 무엇인지 돌아보는 계기가 되는 이야기들이 이 책 안에 가득합니다. 고맙고 미안한 마음이 들어 떠오르는 사람이 있으신가요? 어쩌면 지금 떠오르는 그 사람이 평범한 당신의 일상을 더욱 빛내 줬던 사람일 수 있습니다. 그 사람을 추억하며 일독하기를 추천합니다.

조소영 (조앤특수메이크업아카데미 원장)

책을 읽어 내려가는 순간 느꼈습니다. "김 작가답다!" 저도 남편도 김 작가를 늘 진솔한 사람이라고 얘기하거든요. 그런데 책 속에 담긴 이야기 역시 우리 이웃의 진솔한 이야기들로 가득합니다. 비즈니스상 국외로 일을 많이 하러 가다 보니 말 한마디 통하지 않는 외국인과 대면해야 할 때가 한두 번이 아닙니다. 그런데 그거 아세요? 진솔하게 진심을 대할 때만큼은 그 마음이 서로 전해진다는 사실입니다. 누군가에게 미안하고 고마운 마음은 결국 '진심'이란 두 단어로 표현될 수 있을 것 같습니다. 그 진심은 사람의 마음을 움직이잖아요. 책을 읽으면서 다시 한번 그 진심의 힘을 느꼈습니다. 이 책을 읽으면서 떠오르는 누군가에게 전하지 못한 진심을 전해보시는 건 어떨까요?

김찬희 (㈜엘에스텍 대표)

지상파 방송작가를 시작으로 때론 프로그램 외주 제작자 CEO로 때론 PD로 다양한 역할들을 소화해가며 활발하게 활동하고 있는 김예진 작가님의 생애 첫 책이 출간되었다는 소식에 깜짝 놀랐습니다.

게다가 한 아들의 엄마로서 일과 육아를 병행하며 틈틈이 생을 고찰하고 얻은 통찰을 통해 엑기스만을 집약하여 한 줄 한 줄 써내려간 김예진 작가님의 미안함과 고마움에 대한 이야기는 이 시대를 고군분투하며 치열하게 살아가고 있는 분들이라면 어느 누구나 한 번쯤 한숨 돌리고 '인생에서 가장 소중한 것이 무엇인가'를 다시금 되짚어볼 수 있게 해주는 힘이 있는 책입니다.

한 편의 그림과 생을 관조적으로 바라보며 서사적으로 나열한 생각의 조각들은 우리로 하여금 삶의 안식처를 돌아보고 바쁜 일상을 조금은 느림의 법칙으로 바라보게 함으로써 모래알처럼 손가락 사이로 빠져나간 소중한 것을 되돌아보고 삶의 본질과 가치에 집중하게 해줍니다. 오늘 이 시간 책장을 넘기며 평안한 안식처로의 초대에 응해보는 것은 어떨까요?

김예진 작가님! 앞으로 멋진 여성 CEO로서, 훌륭한 엄마로서, 그리고 베스트셀러 작가로서의 멋진 행보를 기대합니다.

윤택 (개그맨)

　얼마 전 'TV는 사랑을 싣고'에 출연하면서 수십 년 만에 가슴속 깊이 새겨뒀던 은사님을 다시 만났습니다. 제자의 방황을 막기 위해 노력했던 선생님께 대못을 박았던 죄송스러움, 고마움이 한데 뒤엉켜 선생님을 뵙자마자 눈물이 왈칵 쏟아지더군요. 우리네 삶이 그런 것 같습니다. 미안함과 고마움은 소중한 인연 속에서 공존한다고 할까요. 그리고 그 미안함과 고마운 마음이 결국 우리 삶을 지속시키고 움직이게 하는 원동력이 되는 것 같습니다.

　혹시 김예진 작가의 글을 읽는 동안 떠오르는 고마운 분이 있나요? 그럼 Right Now! 바로 지금 고마웠다고 전해보세요. 마음에 따뜻한 온기가 가득해지실 겁니다. 아니면 미안한 사람이 떠오르신다고요? 그러면 용기 있게 읽어보세요.

김학도 (개그맨)

2001년 크리스마스는 제게 참 특별했어요. 어머니께서 간암으로 시한부 선고를 받으셨거든요. 마지막 선택이 남아 있었습니다. 간 이식이었어요. 제가 나섰지만 조직이 맞지 않았습니다. 한걸음에 달려오신 막내 외삼촌의 도움으로 이식에 성공해 어머니는 건강을 되찾으셨습니다. 눈물로 뒤범벅이었던 그 당시, '고마움'이라는 말 표현으로 그 '감사함'을 다 전하기엔 너무 소박한 단어라고 생각될 정도였습니다.

연예인들이 시상 소감에서 고마운 사람을 열거하기에 시간이 부족하듯이 우리 인생에서 고마운 사람은, 또 미안한 사람은 얼마나 많은지요. 가슴으로 느끼고 하늘 보며 사색하게 만드는 김예진 작가의 향기 나는 글을 읽으며 흐뭇해집니다. 그 소중한 향기를 함께 느껴보시길 바랍니다.

프롤로그

먼저 이 책의 출판을 인도하시고 허락하시며 삶의 과정 속에서 많은 깨달음을 주신 하나님께, 또 부족한 원고를 훈훈한 이야기들의 모음집인 만큼 더 많은 사람들과 나누면 좋겠다며 흔쾌히 출간으로 답해주신 행복에너지 권선복 대표님께 감사의 말씀을 전합니다.

어느새 불혹의 나이를 넘기다 보니 참 많은 사람들이 떠오릅니다. 고마웠던 사람부터 미안했던 사람까지 말이에요. 그 고마움과 미안함이 한데 어우러져 진심을 표현하고픈 사람들까지, 참 많은 사람들이 머릿속에 떠오릅니다.

삶이란 그런 것 같아요. 작은 고마움을 전했을 뿐인데 큰 보답으로 돌아오기도 하고 미안하다는 진심 어린 말 한마디조차 제대로 전하지 못해 영영 그 관계가 깨어지기도 합니다.

제 마음이 그렇게 흘러서인가. 언젠가 문득 나무를 보며 그런 생각이 들더라고요. 나무는 나뭇잎의 마음을 알까, 오해하진 않나, 나뭇잎이 왜 그렇게 해를 갈망하는지, 그 갈망하는 모습을 혹시 나무 입장에서는 오해하지 않을까! 그래서 나무는 잎을 떨구고 추운 겨울을 혼자 보내는 것 아닐까…, 하는 생각 말이에요.

나뭇잎은 해를 통해서 나무에게 열심히 영양분을 보내는 것일 텐데요. 나무 입장에선 그 모습이 꼭 나뭇잎이 그저 해를 좇는다고 생각되는 모양이죠. 아마도 그런 나뭇잎이 어쩐지 야속하게 여겨진 모양입니다. 그러니 겨울이 되기가 무섭게 나뭇잎을 떨구는 것일 테죠.

아마도 나무는 겨울에 생각했을지도 모르겠습니다. 나뭇잎이 곁에 있음으로 따뜻했구나, 하고 말이에요. 그래서인가 나뭇잎은 어떻게든 나무 곁으로 다시 가고 싶은 마음에 낙엽이 되어 나무에게로 돌아간 것이 아닐는지….

우리는 곁에 있는 사람을 보지 못합니다. 아니 곁에 있는 사람의 고마움을 느끼지 못합니다. 아니 곁에 있는 사람에게 고마움을 표현하지 못합니다. 그래서 결국 잎을 떨구고 말죠. 우리는 모두 언젠간 떨궈질 운명입니다.

곁에 존재하는 누군가에게 미안하다, 고맙다, 사랑한다. 그렇게 더 표현할 수 있는 말 한마디가 중요한 것 같아요. 분명 그 말 한마디에는 엄청난 진심이, 가치가 담겨 있습니다.

이 책은 이야기를 옴니버스 식으로 엮었습니다. 저의 가치를 끝까지 믿어주시는 부모님, 가족, 또 사랑하는 아들 지후, 또 곁에서 변함없이 함께해주는 지인들에게 특별한 감사의 마음을 담아 썼습니다.

차례

1부
인연

2부
시련

4부
은혜

그대가 곁에 있는 것만으로도

그 여자 이야기

11월 결혼을 앞두고 있네요. 그런데 제가 지금 왜 이러는 건지 모르겠습니다. 신랑은 아직 제게 프러포즈를 안 했어요. 그래서 제가 하기로 했습니다.

10개월 전, 고속도로를 타고 고향에 가다가 차가 전복되는 큰 사고가 났습니다. 사고로 경추 2, 3번 뼈가 부러져 두 달간 누워 있어야했죠. 종일 누워 있어야 했기에 아무것도 할 수 없었습니다. 그런 제게 수발이 되어준 건 다름 아닌 저와 결혼할 신랑이었습니다. 가족과도 멀리 떨어져 살았기 때문에 행여 가족들이 걱정할까 봐 알리지도 못했어요. 전 힘들다고 늘 울기만 했고, 그런 저를 달래던 사람은 딱 한 명이었습니다. 바로 저와 곧 결혼할 사람이요. 미안하다는 말을 하면 그가 말했죠.

"내가 다치면 너도 이렇게 해줄 거잖아, 그러니 미안해하지 마."

그런데 사람 마음이 이렇게 간사한 걸까요? 저는 요즘 매일 신랑 될 사람과 싸웁니다. 예물이며, 결혼 준비하는데 왜 이렇게 힘들고 지치는 건지요. 그렇게 사소한 일 갖고 싸우면 저는 늘 헤어지자고 했어요. 돌이켜 보면 신랑은 제게 너무나 소중한 사람이에요. 사고 당시, 누워 생활하는 저를 위해 머리도 감겨주고 사골도 고아주고, 목욕할 수 없는 제 몸도 닦아준 사람입니다. 그런 신랑의 고마움을 제가 잠시 잊고 지낸 것 같아요.

사랑하는 자기야. 괜히 기죽기 싫어서 요즘 자존심 상하는 말 많이 하고 이해도 못하고 짜증만 부려서 너무 미안해. 자기한테 꼭 말하고 싶었어. 장애 진단을 받은 나와의 결혼 선택한 거, 당신에게 너무 미안하다고 말이야. 그런데 그거 알아? 당신이 없었다면 나도 이 세상에 없었다는 사실 말이야. 다시 태어나도 난 당신이랑 결혼할거야…. 미안해, 그리고 사랑해….

그 남자 이야기

오래전, 사랑하는 여자를 한순간에 사고로 잃을 뻔했습니다. 그 기억을 떠올리면 지금의 여자친구가 살아있다는 사실만으로도 제겐 얼마나 감사한 일인지 모릅니다.

몇 달을 누워 지내야만 했던 여자친구를 바라보면서, 차라리 내가 누워 있었으면, 하는 생각을 얼마나 많이 했는지 모릅니다.

그런 여자친구가 다시 회사에 복귀해서 일상생활을 하고 있네요. 아직 목이 조금 불편한 상태인데도 말이에요. 이 순간을 참 많이 기다려왔는데, 순백의 웨딩드레스를 입고 함께 팔짱 낀 채 식장 안으로 걸어 들어가는 우리 둘의 모습을 그렇게 상상해왔는데…. 사실 요즘엔 우리가 정말 얼마 전의 일을 잊고 사는 것 같아요. 그래서 마음이 참 아픕니다.

하지만 우린 예정대로 결혼할 겁니다. 행복하게 잘살 거라고 믿고 있습니다. 아, 미처 말하지 못한 게 있어요. 병원에서 그러더군요. 생각보다 회복이 굉장히 빠른 거라고요. 아마 여자 친구는 제게 미안해서라도 빨리 일어날 수 있었을 거예요. 제 여자친구, 누구보다도 제가 잘 아니까요.

그런 여자친구에게, 이제 곧 저의 아내가 될 사람에게 말하고 싶습니다. 살아줘서 고맙다고. 예전 모습 그대로 회복해서 지금 내 앞에 돌아와줘서 고맙다고, 말하고 싶습니다.

그리고 사랑한다고요. 이 세상 그 누구보다도 사랑한다고요. 장애 진단을 받았어도, 내겐 이 세상 그 누구와도 바꿀 수 없는 최고의 신부니까요. 내 눈앞에 이렇게 건강한 모습으로 다시 회복해줘서 정말 고마워, 사랑해.

■ 쉬어가기

제게는 아들이 있어요. 아들은 태어나자마자 개복수술을 했습니다. 원인불명의 장폐쇄로였죠. 변을 보지 못했거든요.

세 번의 수술 끝에 의사선생님께서 말씀하셨습니다.

"마음의 준비 하셔야겠습니다."

죽음의 문턱에 있는 아이를 생각하니 하늘이 무너졌습니다. 저도 아이 따라 같이 가야겠단 생각, 그때 처음으로 했습니다. 그저 살아주기만 한다면 아들에게 하늘의 별도 기꺼이 따다 줄 수 있을 것만 같았습니다. 지금은 감사하게도 건강한 초등학교 3학년생이 됐네요. 마치 언제 그런 일이 있었냐는 듯 말이죠. 아들과 저 역시 여느 모자(母子)들과 꼭 같습니다. 때로는 말을 듣지 않는 아이를 야단칠 때도 있습니다. 어린아이랑 부부싸움 하듯 싸우기도 합니다.

그럴 땐, 가끔 절실했던 그때를 떠올립니다. 그러면 제 곁에 이렇게 건강한 모습으로 있는 것만으로도 감사해져요.

남편의 프러포즈

남편 이야기

지난 달 5일은 아내와 저의 10주년 결혼기념일이었습니다. 근데 저는 그 결혼기념일을 깜빡 잊고 말았네요. 잊을 게 따로 있지. 아내가 한 달 전부터인가, 아니 두 달 전부터인가. 어린애마냥 달력에 빨간펜으로 동그라미를 몇 개씩 그려두고, 심지어 휴대전화 알람도 설정해두었거든요. 저 역시 잊지 않겠노라고 몇 번이나 약속했던 바로 그날이었어요.

물론 아내가 티를 내기 전에 제가 먼저 챙겨야 마땅한 일이었죠. 저 역시 생각하고 있던 차였어요. 아이들도 어느 정도 컸겠다, 10년 만에 해외여행이라도 오붓하게 다녀와야겠다고 말이죠. 그런데 하필이면 바로 그날 회사 회식이 있었습니다. 빠질 수 없는 자리였죠. 한두 잔만 하고 일어서려는 저를 직원들이 잡았습니다.

아내는 이런 상황을 모르고 전화를 계속 해댔지요. 계속 되는 전화에 휴대전화 배터리는 방전이 되어버렸습니다. 흥이 더해진 술자리는 결국 밤 12시를 우습게 넘겨버렸죠.

이미 밤 12시를 훌쩍 넘은 시각. 시간상으로 보자면 결혼기념일을 지나버린 바로 그 시각. 저는 기분 좋게 취해서 집에 들어왔습니다. 결혼기념일이라는 사실을 까맣게 잊은 채로 말이죠. 그런데 집에 들어가는 순간, 거실에 검은 그림자가 보이는 겁니다. 불을 켜보니 식탁 위엔 와인에 안주, 그리고 꽃바구니 장식까지, 그리고 아이들이 꾸며놓은 걸로 보이는 풍선장식에 이렇게 씌어 있더라고요.

'아빠, 엄마 결혼 10년 축하해요.'

그걸 본 순간 술이 확 깨더군요. 순간 아내 얼굴을 볼 수가 없었습니다. 무표정한 얼굴로 저를 바라보고 있던 아내는 안방으로 가면서 문을 쿵 하고 닫아버리더군요. 아내는 그 이후로 일주일간 말문까지 닫아버렸습니다. 그때만 생각하면 지금도 가슴이 벌렁거립니다.

여보, 그땐 정말 미안했어…. 내가 20년 결혼기념일엔 당신에게 평생 잊지 못할 결혼기념일, 꼭 만들어줄게. 미안해 여보.

아내 이야기

결혼기념일이 뭐 그리 대수라고요. 저도 어쩔 수 없는 여자인가 봅니다. 그래도 그냥 넘어가면 너무 서운할 것 같았어요.

와인을 고르고, 꽃 장식을 하고, 안주를 만들면서 지난 10년을 떠올렸습니다. 남편과 함께한 지난 10년이요. 싸울 때도 많았지요. 하지만 지금 생각해보면 좋았던 날이 더 많았더군요. 행복했던 순간들이 영화의 한 장면처럼 머릿속에 떠오르기 시작했습니다. 아무 탈 없이 결혼생활을 했다는 생각이 들었어요. 그러니 어쩐지 뿌듯한 생각마저 들더군요.

그렇게 남편이 오기만을 기다렸죠. 그런데 퇴근 시각이 한참 지나도록 남편이 오질 않는 겁니다. 무슨 일이라도 생겼나 싶었죠. 하지만 전화를 계속 걸어도 받질 않더군요. 걱정이 되는 한편, 김이 서서히 빠지기 시작했습니다. 아이들은 이미 기다리다가 잠들어버렸네요. 결혼할 땐 둘이었지만, 10년이 된 지금, 넷이 된 오늘을 사진으로 남기고 싶었습니다. 하지만 그건 저만의 꿈이었나 봐요.

남편은 새벽 한 시가 다 되어 들어왔습니다. 역시나 결혼기념일을 잊은 모양이었죠. 그런 남편에게 제가 뭘 기대하겠어요. 화가 나서 한 일주일은 말을 안 하고 살았어요. 그런데 일주일 만에 남편이 화장대 위에 웬 봉투를 두고 출근했네요. 봉투를 열어보니, 제주도 비행기 티켓이더군요. 그리고 편지엔 이렇게 씌어 있었답니다.

"기억 나? 제주도 신혼여행. 당신이 그때 은영이 임신하는 바람에 우리 신혼여행도 제대로 즐기지 못했잖아. 꼭 다시 가고 싶었어. 우리 10주년 기념으로 가자, 여보, 화 풀어⋯."

그래, 그랬었지. 제주도에 갔었지. 10년 만에 가는 제주도는 어떤 모습일까, 문득 궁금해졌습니다. 남편과 오붓하게 보낸 제주도의 3박 4일. 아마 평생 잊지 못할 겁니다. 지금 제 네 번째 손가락엔 비록 보석 하나 제대로 박혀있지 않지만, 새로운 금반지가 끼어있네요. 남편은 10년 만에 제주도에서 제게 다시 프러포즈했습니다.

"여보, 앞으로 10년도 나랑 계속 살아줄 거지? 이 반지 받아줘. 10년 뒤엔 더 근사한 반지 사줄게⋯."

비록 날짜는 조금 지났지만, 제 생애 최고의 결혼기념일을 선사해준 남편. 그런 남편에게 고맙고 사랑한다는 말을 전하고 싶네요.

■ 쉬어가기

"결혼기념일"이라는 단어를 국어사전에서 찾아보신 적
있나요?

결혼기념일: 결혼 후 특정한 주년마다 부부의 건재함을 축
하하는 날

해를 거듭할수록 부부의 건재함은 더욱 공고해집니다.
나이 먹은 노부부가 손 잡고 걸어가는 뒷모습이 그토
록 아름답게 느껴지는 이유겠지요.

■ memo

....

....

....

....

....

....

....

....

....

....

....

일일육아

아내 이야기

우리 남편은 아침 7시면 출근하는 사람입니다. 그런데 저는 아침잠이 많은 사람이라 9시에도 겨우 일어나거든요. 남편은 사실 결혼 전에는 아내가 이른 아침 자신을 위해서 해주는 따뜻한 아침밥을 꿈꿨지만 저를 만나 결국 그 꿈은 산산조각 나고 말았습니다.

그래도 간간히, 남편의 입이 심하게 나올 때마다 해준 적이 있으니 아예 한 번도 아침상을 안 차려준 건 아닙니다. 다만, 결혼한 지 5년이나 됐는데 손에 꼽을 정도니 미안할 뿐이지요. 그리고 우리에게 아이가 생겼죠. 그런데 얼마 전에 제가 일이 있어서 남편에게 아이 둘을 맡기고 나갔거든요.

"여보, 민재는 냉장고 안의 쟁반에 있는 거 챙겨주면 되고, 민서는 일단 우유만 줘. 이유식은 내가 다녀와서 먹일게. 당신은 챙겨 먹을 수 있지? 아님 뭘 시켜 먹든가…."

그런데 바로 어제, 남편이 뚱한 얼굴로 말하더군요. 요즘 기분이 좀 안 좋다고요. 그래서 전 아무 생각없이 "왜?" 라고 물었지요. 그랬더니 돌아오는 남편의 대답이 이렇습니다. 첫째가 3살 되고 둘째가 이제 10개월 접어드는데, 제가 항상 아이들만 챙기고 자기는 남편으로서의 대접도 잘 못 받고 뒷전이라 많이 섭섭하다고. 가만 생각해보니 그렇더라고요. 둘째를 출산하고는 항상 아기들 챙기기에 바빴고 남편의 존재를 가끔은 귀찮아하기도 했던 것 같아요. 그래서 많이 미안하더라고요.

남편 없이는 지금 이 행복을 누릴 수가 없죠. 이 사실을 잠깐 잊고 지냈던 것 같아요. 아이들이 태어난 이후로 둘만의 시간을 보낸 지가 언제였는지 까마득합니다.

남편은 말하네요. 자기는 항상 같은 마음인데, 제가 사랑이 많이 식은 것 같다고요. 그렇게 말하는 남편에게 전하고 싶어요.

저도 항상 사랑하고 있다고, 미안하다고요. 앞으로 잘 하겠다고요.

남편 이야기

참 오랜만에 두 아이를 혼자 본 것 같습니다. 아내가 그저 서너 시간 정도 집을 비웠을 뿐인데, 두 아이가 온 집안을 휘젓고 다니는 바람에 난리가 났네요. 어디서부터 치워야 할지, 또 이런 상황에서 밥은 어떻게 먹여야 할지, 눈앞이 정말 캄캄했습니다.

아이들도 엄마가 없는 걸 아는 건지, 아내가 함께 있을 때는 이 정도까진 아니었던 것 같은데요. 아니죠, 어쩌면 늘 이래왔는지도 모르죠. 저만 모르고 있었겠죠.

결국 첫째 아이와 저는 짜장면으로 끼니를 때웠어요. 10개월짜리 아들은 업어도, 안아도 계속 울어대는 통에 우유만 3번을 먹였네요. 헌데 짜장면을 코로 먹었는지 입으로 먹었는지…, 아내는 몇 년을 집에서 이 아이들과 이렇게 씨름해왔겠죠.

지난 몇 년 동안 사실 저는 아내에게 참 서운했었습니다. 아침형 인간으로 살아온 저에게 아내의 늦잠 자는 모습은 그야말로 가장 짜증나는 일이었거든요. 그 늦잠이 아침식사도 거르게 만들고 말이죠. 아내가 그저 게으르게만 여겨졌습니다. 그래도 아이를 키우다 보면 어느 날 고쳐지겠지, 싶었어요. 하지만 이게 웬걸, 아이를 낳고서는 아침잠이 더 많아졌습니다. 그때만 해도 저는 혼자 볼멘소리 가득하곤 했죠. 아이 키우는 게 뭐가 그렇게 힘들다고 항상 늦잠이냐며 투덜거리곤 했습니다. 그런 식으로나마 화를 잠재우려고 노력했었죠.

　그런데 이제야 알았습니다. 우리 부부의 문제는 대화가 없다는 점이라는 걸요. 그리고 아이 키우느라 아내가 정말 애쓰고 있다는 것도요. 전 아이에게 밥 한 숟가락도 제대로 못 먹이고 말이죠. 어지럽혀진 집은 어떻게 해야 하나, 했는데…. 생각해보니 그렇네요. 적어도 아내가 집에 있을 때만큼은 집안이 지저분했던 모습을 거의 본 적이 없습니다. 고작 아침밥 못 먹는 것 하나 때문에 저를 안 챙겨준다고 서운해했던 게 오히려 부끄러워지네요. 애쓰는 아내한테 이제야 고맙다는 생각이 듭니다.

　여보, 그동안 어쩌면 당신의 처지를 진정으로 헤아려보지 못한 것 같네. 우리 민재, 민서 키우느라 당신 정말 애쓴다. 우리 아이들 좀 더 클 때까지 서로 조금씩만 이해하자. 내가 당신 사랑하는 거 알지? 고마워, 여보.

■ 쉬어가기

KBS에서 방영하는 <슈퍼맨이 돌아왔다>는 프로그램이 있어요. 남자들이 육아에 대한 고충을 몸소 체험하게 만든 프로그램이죠?

아버님 낳으시고 어머님 기르신다는 그 옛날과는 시대가 달라졌잖아요. 이 시대 육아는 부부가 함께 하는 육아예요.

함께하면 힘은 덜 들고,
행복은 가득해질 겁니다.

■ memo

....

....

....

....

....

....

....

....

....

....

....

남편이 만든 첫 도시락

남편 이야기

전 다음 달이면 아빠가 되는 예비 아빠입니다. 아내가 임신 9개월째가 됐네요. 그런데 지금껏 항상 도시락을 싸주던 아내가 요즘은 늦잠을 자고, 도시락을 못 싸주겠다고 하더군요. 그러더니 사 먹으라고 하는 거예요.

아내 말로는 그렇다네요. 요즘 가뜩이나 배추 값이 비싸다고, 식당 가는 게 오히려 싸다고요. 그러면서 아내가 도시락을 안 싸주니, 화도 나고 섭섭하더라고요.

그래서 화를 냈죠. 집에 있으면서 도시락 싸는 게 뭐가 그리 힘드냐고 말이죠. 회사직원도 절 보고 이렇게 말하더군요.

"김 대리가 웬일이야? 도시락을 다 안 싸 오고, 부부 싸움했어?"

저도 가만히 듣고 있기가 뭐해서 한마디 했죠.

"이제 아내가 안 싸준다고 하네요, 근데 왜 이렇게 서운하죠?"

"아니, 김 대리, 아내 생각도 해줘야지. 곧 아기 태어난다면서~ 이제 몸이 무거울 대로 무거워서 자기 몸 챙기기도 힘들 텐데, 오히려 김 대리가 아내 밥을 챙겨줘야 하는 거 아닌가?"

거기에 덧붙여서 부장님께서 그러시는 겁니다.

"어떻게 보면 도시락 싸는 일이 쉬워 보이지, 하루 이틀도 아니고 쉬운 일 아니다, 그거."

듣고 보니 순간 아내한테 너무 미안한 마음이 들더라고요. 생각해보니까 며칠 전 마트에 가자고 했을 때도 그랬어요. 아내는 발이 퉁퉁 부어서 예전에 신던 신발이 잘 맞지 않았던 것 같습니다. 다리도 많이 아픈 것 같던데…. 아니, 나올 때로 나온 배 때문에 잠도 설치는 것 같았습니다. 바보같이 이제야 아내를 이해하게 되네요.

여보야, 미안해. 만삭인 당신 생각보단 내 생각만 했네. 앞으로 내가 집안일도 많이 도와주고, 우리 씩씩이 태어나면 좋은 아빠가 될게. 여보…당신의 순산을 응원합니다! 여보한테 화낸 거 미안해~.

아내 이야기

 임신소식을 들었을 때부터 남편은 도시락을 싸서 다니기 시작
했습니다.

 "여보, 아이 낳으면 돈도 많이 들어간다는데, 점심 값부터 아껴
야겠어. 그 돈은 아이를 위해 따로 모으자~"

 그런 남편이 기특하다 싶었죠. 저도 아침 일찍 일어나서 도시
락을 싸기 시작했습니다. 임신 8주부터 지금까지, 남편이 우리
씩씩이 저금통에 얼마를 모았는진 모르겠어요. 근데 돼지 저금통
이 묵직해진 걸 보면 돈이 꽤 모였나 봐요. 자기야, 우리 씩씩이
는 참 부자다~

 제 배가 조금씩 부를 때마다 씩씩이도 점점 부자가 되는 것 같
았어요. 저도 기분이 좋았답니다. 그런데 배가 부를수록 잠은 또
왜 그렇게 쏟아지던지. 아침잠이 없었던 저인데요. 요즘엔 아침
에 일어나기가 힘들더군요. 급기야 늦잠까지 자게 됐습니다. 그
러니 당연히 남편 도시락을 못 싸게 됐지요. 남편은 당장 서운해
했어요. 쏟아지는 잠을 막을 길이 없었습니다. 미안한 마음은 굴
뚝같았지만, 몸이 따라주질 않으니 힘들더군요. 그런데 그렇게
화를 낸 뒤 며칠 지난 아침이었어요. 아침에 늦잠을 자고 일어났
는데, 식탁에 웬 메모와 도시락이 있더라고요.

 '어? 이건 내가 남편 싸주던 도시락인데?'

그 도시락을 열어보니 오뎅 조림이랑 계란말이가 보였습니다. 이런 건 또 언제 만들었는지, 계란말이 위에 케첩으로 하트까지 그려놨더라고요. 웃음이 절로 났습니다. 메모엔 이렇게 씌어있었어요.

'여보, 도시락을 싼다는 게 정말 쉬운 일이 아니네. 그런데 당신은 임신한 몸으로 매일 아침에 그렇게 신경 써서 나를 위해 도시락을 싼 거구나. 여보, 내가 어제 화낸 거 너무 미안해. 그리고 고마워….'

요 며칠 남편한테 서운했었는데, 남편의 이런 마음을 읽으니, 기분이 금세 풀리네요. 여보, 당신이 날 생각하는 마음이 묻어나는 것 같아서 나는 지금 이 순간 너무 고맙고 행복해. 우리 씩씩이랑 정말 맛있게 먹을게. 사랑해 여보.

■ 쉬어가기

그거 아세요?
사랑이라는 거 말이에요.

상대가 나를 사랑하는 것보다
내가 상대를 더 사랑하는 게
자존심 상하는 일이 결코 아니라는 거

진짜 사랑은
내가 더 상대방을 사랑하는 겁니다.

■ memo

．．

．．

．．

．．

．．

．．

．．

．．

．．

．．

．．

며느리 사랑

시어머니 이야기

제겐 며늘애가 둘이 있습니다. 작년에 큰 며느리가 아들을 낳았지요. 대학 졸업하자마자 26살에 시집 와서 첫 아이를 낳았는데, 아무것도 할 줄 아는 게 없으니 애가 애를 낳았다는 말은 제 며느리를 두고 하는 말이었습니다.

"어머니, 저 목욕도 못 시키겠어요, 건드리면 아기가 터져버릴 것 같아요."

'이런 철딱서니 없는 것 같으니라고'.

그 말을 듣곤 속으로 얼마나 한숨을 내쉬었는지 모릅니다. 그래서 한 달을 함께 봐주고 두 달이 가고 거의 100일쯤 되니까 그제야 엄마답게 기저귀도 척척 갈고, 목욕도 시키고 그러더라고요. 그 모습을 보고, 이젠 애미 다 됐다고 생각했습니다. 그리고 제게 둘째 손자가 생겼습니다. 간호사인 둘째 며느리는 아이를 보는 게 어딘지 다르더라고요. 기저귀 가는 것도, 모유를 먹이는 것도 말이죠. 초산이라곤 믿기 힘들 정도로 베테랑 엄마처럼 보이는 겁니다. 그런 생각을 갖고 있다 보니 며칠 전 집에 온 첫째 며느리한테 그랬네요.

"네가 준표 낳았을 때는 참 어설퍼 보였는데, 걘 척척 잘 하더라. 걔는 애한테 우유도 식힌 물이랑 미지근한 물을 잘 섞어서 주더라. 너는 그것도 몰랐지? 하여간 간호사라 그런지 어딘지 달라도 달라."

그리고 나서 며늘애한테 연락이 없더라고요. 저는 왜 그러나 싶었어요. 그런데 아들이 살짝 귀띔해 줍니다. 명색이 맏며느리인데 비교당한 게 서운했었다고 말이에요. 생각해보니 저도 너무 생각 없이 말했던 것 같아 어찌나 미안하던지요. 그래도 첫 정이라고 아들만 있는 저에게 첫째 며늘애는 딸 같아서 늘 의지했었는데 말이죠..

며늘애야. 내가 늘 딸같이 생각하다보니 편해서 그랬던 건데, 내가 어떤 말을 해도 너는 늘 이해해 줄 거라고 생각했나보다. 그러니까 서운했었다면 부디 풀거라. 많이 미안하구나.

며느리 이야기

늘 뭐든지 잘하고 싶은 며느리이고 싶습니다. 하지만 저의 그
꿈은 동서가 들어오면서 깨져버렸어요. 저는 직업이 없습니다.
하지만 동서는 간호사란 직업이 있어서 그것도 사실 내심 부러웠
거든요. 게다가 동서는 애도 척척 잘 보고, 뭐든지 어머님 마음에
쏙쏙 들게 행동하네요. 그래서 요즘 제 기가 많이 죽었습니다. 저
본인 스스로도 잘 알고 있어요. 그런 저에게 어머님이 확인 사살
을 하시고 말았습니다. 막상 아랫사람과 비교를 당하니 제 자신
이 얼마나 초라하게 여겨지던지. 무엇보다도 어머님에게 어찌나
서운했는지 집에 오는 길에 눈물이 왈칵 쏟아지더라고요. 세상
모든 시어머니의 가장 큰 거짓말이 있잖아요. 며느리한테 딸 같
다는 거짓말이요. 그 말이 꼭 저를 두고 하는 말 같았습니다.

그길로 자주 드리던 전화도 안 드리고, 두문불출했죠. 그런데
제가 감기로 고열이 나면서 일어나지도 못할 때 제일 먼저 뛰어
오신 분이 바로 시어머님이었습니다. 친정엄마도, 남편도 아닌
시어머니 말이에요.

"애 키우는 네가 제일 건강해야 한다. 내가 너 좋아하는 무국이
랑 나물 맛있게 무쳐놨으니까 정신 차리면 밥부터 먹자. 아플 때
무조건 잘 먹어야 돼."

서운함에 눈물을 흘리던 게 엊그제 같은데 이번엔 고마운 마음

48

에 펑펑 울고 말았네요. 그때 저를 꼬옥 안아주시던 것도 어머님
이었습니다.

"며칠 동안 연락도 못 드리고 죄송해요."

"괜찮아, 내가 네 맘 다 안다."

문득 제 자신이 부끄러워지더라고요. 어머님은 역시 어머님이
십니다. 어머님도 많이 서운하셨을 텐데 말이죠.

어머님, 어머님 덕분에 기운 났는데, 감사하다는 말씀도 못 드
렸어요. 그런데요 어머님. 이젠 진짜 엄마와 딸 사이가 된 것 같
은 거, 아세요? 어머님, 아니 시엄마! 사랑해요!

■ 쉬어가기

시어머니와 친정엄마,
거기에 차이를 두지 마세요.
시어머니라고 선입견을 가질 필요도 없어요.

아들을 낳으면 결국 시어머니가 되고
딸을 낳으면 친정엄마가 되잖아요.

결국 시어머니도 친정엄마도
먼 훗날 내 모습입니다.

■ memo

··

··

··

··

··

··

··

··

··

··

··

돌고 돌아 만난 사랑

여자친구 이야기

저는 매년 명절이 다가오는 게 두려운 여성입니다. 제 나이 올해 서른 둘, 소위 말하는 노처녀죠. 명절 때마다 듣는 뻔한 소리는 올해도 역시 피해갈 수 없나 봅니다. 올해에도 어김없이 같은 질문이 돌아옵니다.

"지민아, 결혼은 안 하니?"

큰 아버지부터 시작해 작은 아버지, 사촌 오빠까지, 모두 같은 소리만 반복합니다. 가족들은 제가 남자친구도 없고, 연애와 결혼에 관심이 없는 줄로만 알고 있어요. 하지만 저는 사실 결혼까지 생각하고 있는 남자친구가 있습니다.

제 남자친구는요. 저보다 4살 많은 오빠예요. 솔직히 말해 객관적으로 잘생긴 얼굴은 아닙니다. 하지만 키가 크고 듬직해요. 무엇보다 유머도 많고 재치도 넘쳐서 제 친구들 사이에서도 인기가 좋습니다. 그런 남자친구의 존재를 숨길 수밖에 없는 이유가 한 가지 있습니다. 제 남자친구는 돌싱이거든요. 돌아온 싱글의 줄임말, '돌싱'이요. 남자친구는 결혼 경험이 한 번 있어요. 그것도 스물 다섯이라는 나이에 말입니다. 어리다면 어린 나이에 결혼을 했던 제 남자친구는 2년도 채 살지 못하고 헤어졌습니다. 그 후로 변변한 연애 한 번 제대로 못 했다고 해요. 그러다가 저를 만나서 제대로 된 연애를 시작했습니다.

남자친구가 적지 않은 나이였어요. 그만큼 결혼을 생각해야 했기에 저희 시작은 쉽지 않았어요. 만남을 시작하는 다른 사람들보다 몇 배는 더 신중했던 것 같습니다. 하지만 이 남자, 놓치면 후회할 것만 같더라고요.

"내가 유부남하고 바람을 피겠다는 것도 아니고 무슨 상관이야?"

당돌한 제 발언에 남자친구는 헛웃음을 쳤습니다. 그렇게 시작해 저희는 올해로 3년째 연애를 하고 있습니다. 하지만 차마 집에 소개를 시킬 용기가 나질 않습니다. 그 사람의 존재를 숨길 수밖에 없는 게 미안하기만 합니다. 돌아오는 명절에는 그 사람을 가족들에게 소개할 수 있는 용기를 낼 수 있을까요?

남자친구 이야기

여자친구를 만난 건 직장인 기타 동아리에서였어요. 여자친구는 어느 날 찾아왔습니다. 구입 후로 한 번도 열어보지 않은 듯한 새 기타를 들고 동아리로 찾아왔습니다. 기타를 배우고 싶어 무작정 기타부터 샀다던 그 여자는 그날부터 제게 기타를 배우기 시작했습니다. 그리고 제 여자친구가 됐습니다.

사실 지금의 여자친구를 만나기 전까진 사람 만나는 게 쉽지 않았습니다. 이혼남이라는 꼬리표가 20대 후반부터 저를 따라다녔기 때문이죠. 솔직히 말해, 누군가를 만나려면 만날 수도 있었을 겁니다. 신체건강하고, 밥벌이 잘 하고, 또 같이 다니기 창피할 정도의 외모라고는 생각하지 않거든요. 이혼한 사람이라는 걸 숨기면서 만나고 싶진 않았습니다. 또 제가 이혼 경험이 있다고 하면, 호감을 보이다가도 다시 돌아서는 경우가 많았거든요. 하지만 지금의 여자친구는 달랐어요. 이혼 얘기를 하지 않고서라도 만나고 싶었습니다. 하지만 그러기엔 너무 미안하더군요. 결국 어렵게 이야기를 꺼냈습니다. 그 사람을 사랑하기 위해서는 제가 가장 걱정하는 부분을 진솔하게 이야기하는 게 맞다고 생각했거든요.

"나, 결혼했다가 이혼한 적 있어."

"그게 무슨 상관이야? 내가 유부남하고 바람난 것도 아니잖아.”

여자친구는 그렇게 대답했습니다. 그 말에 순간 정신이 번쩍 들더라고요. 제가 현재 결혼을 한 것도 아닌데, 그동안 새로운 만남을 시작하는 게 왜 그렇게 힘들었는지 모르겠더라고요. 그렇게 저희는 연애를 시작했고, 현재 3년째 교제 중입니다.

요즘은 그런 생각을 해요. ‘이 사람이라면 또 다시 결혼을 실패할 일은 없겠다.’는 생각이요. 또 아이들만 보면 그렇게 예쁠 수가 없습니다. 저도 이제 평범한 가정의 남편이자 아빠가 되고 싶습니다.

내년 설에는 꼭 집에 인사를 같이 가자고 하더군요. 그런 여자친구의 말에 망설여지기도 하고 걱정도 됩니다. 하지만 그 말을 해주는 여자친구가 얼마나 고맙고 사랑스러운지요.

“지민아, 너희 가족들에게 당당한 남자 되도록 노력할게. 사랑한다.”

■ 쉬어가기

이건 언젠가 들은 얘기입니다.
그런데 곱씹을수록 명언인 것 같아요.

"젊은 사람 나무라지 마라.
내가 걸어온 길이다.
노인 나무라지 마라.
내가 걸어갈 길이다."

■ memo

....

....

....

....

....

....

....

....

....

....

....

갑자기 찾아온 인연

남편 이야기

저는 헤어디자이너입니다. 일한 지 10년 된 베테랑이지요. 문득 햇병아리 디자이너 시절이 떠오르네요. 원장님이 저를 잘 보신 덕에 불과 1년 6개월 만에 헤어디자이너로서 입봉을 하게 됐답니다. 처음 이 일을 시작했을 때만 해도 반신반의했어요. 둔탁한 이 남자의 손으로 헤어디자이너의 꿈을 이룰 수 있을까 싶었거든요. 그런데 그 어려운 걸 제가 해냈지 말입니다. 그때 제 꿈을 향해 조금씩 오르는가 싶었습니다. 그런 저에게 사건이 발생했지요. 그날도 여느 날과 다름없었습니다. 한 여성 손님의 머리를 매만지게 되었어요.

"오늘 선 보러 가거든요. 너무 꾸몄다는 생각이 안 들게 자연스럽게 드라이해주세요."

그날은 바람이 유난히 많이 불던 날이었습니다. 바람이 많이 부니까 머리카락이 헝클어지지 않도록 고대기를 집어 들었죠. 그런데 왜 그렇게 손이 덜덜 떨리던지요. 손님 목에 그만 그 뜨거운 고대기가 닿고 말았습니다. 벌겋게 데인 자국까지 생겼지 뭐예요. 여성분은 냅다 소리를 질렀습니다.

"앗 뜨거워! 뭐하시는 거예요. 어머머, 어떻게 어떡하실 거예요! 책임지세요!"

그리고 저는 정말로 그 여자 분을 책임지게 됐습니다. 그녀는 지금의 제 아내니까요. 그때도 굉장히 미안했는데…. 결혼 후 미용실을 이곳저곳 옮겨 다니면서 제가 안정적인 생활을 못 했습니다. 그 바람에 아내가 마음고생이 많았어요. 주말에 가족과 함께 제대로 된 나들이 한번 가는 게 꿈이라는 아내. 헌데 미용실이 주말이면 더 바쁘니, 이제껏 아내 소원을 한 번도 들어주지 못했네요.

여보, 첫 만남부터 미안했는데…. 아무것도 없는 나한테 시집 와서 고생하고 있어. 그래도 세상에서 남자는 나 하나뿐이라며 늘 웃어주는 당신, 헌데 당신 눈가가 촉촉이 젖은 채 웃을 때마다 내가 당신한테 얼마나 미안한지 몰라. 당신은 아마 모를 거야. 내가 머지않아 내 샵을 오픈하게 되고, 경제적으로 지금보다 더 여유로워지면, 그땐 당신 정말 웃을 수 있게 해줄게. 미안해. 그리고 사랑해 여보…!

아내 이야기

바로 그날, 그 미용실을 가게 된 건 순전히 우연이었습니다. 단골집 미용실이 그날은 문을 닫았더라고요. 할 수 없었죠. 약속장소 근처에서 미용실을 찾게 된 거죠. 그리고 그 미용실에서 지금의 남편을 만났습니다.

제가 손님이긴 했지만, 헤어디자이너 분이 너무 친절해서 참 부담스러웠어요. 사실 처음엔 스텝 정도로 알았거든요. 알고 보니 헤어디자이너더라고요. 유난히 하얀 피부와 밝은 갈색으로 물들인 머리가 눈에 띄었습니다. 그 모습이 언뜻 보면 건달 같았는데, 가만 보니 처진 눈이 참 평온한 인상을 주는 사람이더군요.

제가 유난히 내성적인 성격이라 그랬을까요. 제 머리를 그의 손에 맡기고는 이런저런 생각에 잠겼습니다. 오늘 선에서 무슨 말을 해야 하나, 그 사람은 어떤 사람일까, 하는 고민에 빠져있었죠. 근데 뒷목에서 갑자기 뜨거운 기운이 느껴지면서 아파오는 거예요.

"죄…죄송합니다…! 어떡하지…? 괜찮으세요? 찬 수건 좀 주세요! 얼른!"

참 별난 인연이었습니다. 그게 인연이 돼서 남편과 만나게 됐으니까요. 그렇게 시작된 만남부터 결혼해서 사는 지금까지, 남편은 늘 제게 미안해합니다. 월급을 많이 가져다주지 못한 것도… 여유가 없어서 이사를 여덟 번이나 다닌 것도, 주말에 늘 함께 있어주지 못하는 것까지, 그저 미안하다고만 합니다.

하지만 남편이 모르는 게 있어요. 남편은 살면서 제게 단 한 번도 화를 낸 적이 없다는 걸 말입니다. 그 미안함 때문인지는 몰라도 제겐 늘 따뜻한 사람이었다는 걸 본인은 모르고 있는가 봐요. 남편은 오늘도 지킬 수 있을지 모를 약속을 합니다. 30평대 아파트에서 살게 해주겠다, 제게 좋은 차를 꼭 선물해주겠다, 50대가 되면 해마다 해외여행을 시켜주겠다, 등이요.

듣기만 해도 배부른 남편의 약속, 지금은 비록 힘들지만 저는 오늘도 그 약속을 지키기 위해 열심히 뛰는 남편이 있어 든든합니다. 여보, 고마워요. 그리고 힘내요. 당신을 늘 응원할게요.

■ 쉬어가기

사랑은 접촉사고라는 말, 들어보셨어요? 사랑은 어느 날 불현듯 갑자기 찾아옵니다.
중국 퍼스트레이디 '펑리위안'의 명언을 소개할게요.

외로울 때 아무 남자나 만나지 말라.
외롭다고 아무 남자나 만나는 건
당신과 그 남자에게 모두 불공평한 일이다.
당신이 싫어하는 남자는 거절하고
당신을 사랑하지 않는 남자는 떠나야 한다.

헌신짝도 짝이 있는 법이며
당신을 아낄 줄 모르고
사랑하지 않는 남자는 떠나라.

외로울 때 아무 남자나 만나는 시간에
차라리 몸매관리와 피부 관리를 해서

좋은 남자가 나타났을 때 놓치지 않는 게 더욱 바람직
하다.

그러나 만났다면 후회 없이 사랑하라.
두 사람이 만날 확률은 0.0000049이다.

아내는 밤, 남편은 낮
우리는 밤낮부부

아내 이야기

도매시장에서 액세서리 가게를 운영한 지 어느덧 10년이 됐습니다. 매일 저녁 7시에 출근해요. 아홉 시쯤에 가게 문을 열고, 새벽 4~5시가 되면 퇴근을 해요. 그러다보니 낮 생활을 언제 했는지, 기억이 가물가물합니다. 친구와 만나기는커녕 연락조차 하는 게 쉽지가 않네요. 하지만 무엇보다도 가장 미안한 사람은 바로 남편입니다.

5년 전, 결혼할 당시만 해도 남편은 보안경비회사에서 일했어요. 밤 아홉 시에 출근해서 새벽에 들어왔죠. 가끔 다섯 시에 만나서 이른 아침을 먹기도 했는데요. 시원한 새벽 공기를 맞이할 수 있는 기분 좋은 데이트였습니다. 물론 남편도 그랬어요. 남들이 느끼지 못하는 기분을 느낀다며 좋아했었죠. 하지만 2년 전 성실함을 인정받은 남편은 낮에 일하는 내근직으로 가게 됐어요. 문제는 저였습니다. 저는 여전히 밤에 일할 수밖에 없었거든요. 때문에 남편은 밤이면 때아닌 독수공방 신세가 되고 말았습니다. 그런데 더 큰 문제는 남편과 제가 얼굴 마주할 시간조차 없어졌다는 거예요. 제 상황을 자세히 알 턱이 없는 시댁에선 그런 말을 하죠. 결혼한 지가 벌써 언젠데 애가 안 들어서냐고, 난리입니다. 헌데, 하늘을 봐야 별을 따죠.

하지만 진짜 문제는 따로 있었습니다. 남편과 제가 서로 각자 있는 시간이 많아지면서 서로를 필요로 하는 시간도 적어졌다는 거예요. 우린 분명 부부인데 말이죠. 남편이 제게 일을 그만두면 안 되겠냐고 물을 때에도 저는 말했습니다. 제가 10년 동안 노력해 일군 이곳을 떠날 수가 없다고 말입니다. 그런데 며칠 전, 저는 결단을 내렸어요. 더 이상 남편에게 미안해하고 싶지 않았습니다. 그래서 오랜만에 남편에게 편지를 썼습니다. 일을 정리하겠다고요. 낮에 할 수 있는 일을 찾아보겠다고요. 비록 10년이나 애정을 갖고 일했지만 더 이상은 안 될 것 같아요.

다음 날, 전 남편으로부터 답장을 받았습니다.

[부부가 함께 자고 함께 일어나고 함께 밥을 먹고, 그게 이렇게 부러운 일이 될지 몰랐네. 당신의 선택을 나는 열렬히 환영해. 얼마나 이 순간을 기다려왔는지. 기다릴게, 곧 함께할 그날을 말이야.]

여보, 미안해요. 저도 이젠 아이도 갖고 당신에게 꼭 필요한 아내가 되고 싶네요.

남편 이야기

사람 마음이 참 간사합니다. 아내나 저나 둘 다 밤에 일할 때는 밤에 일하는 걸 두고 아내한테 토 달은 적이 없었거든요. 근데 제가 낮에 근무해서 집에 돌아오면 아내의 빈자리가 얼마나 크던지요. 행여나 퇴근이라도 늦은 날이면 그날은 다음날까지도 아내 얼굴을 꼬박 볼 수가 없습니다. 연애할 때만 해도 매일 보고 살았는데 말이죠. 아내가 없으니 집에 들어가기도 점점 싫어지더라고요. 집에 들어가 봤자 기다리는 건 어둠 뿐. 그렇다고 토끼 같은 자식이 기다리고 있는 것도 아니고 말이죠. 혼자 먹는 저녁도 신물이 나서 함께 저녁 먹을 친구를 찾다 보니, 늘어나는 건 딱 하나, 술뿐이더라고요. 친구들한테 제 신세를 하소연하면 친구들은 말합니다.

"야, 돈 잘 버는 아내 만나면서 그 정도도 감당 안 하냐? 복이 겨워가지고… 요즘 같은 때엔 생활력 있는 여자가 최고야."

정말 그럴까요? 맞아요. 어떻게 보면 저도 참 못났죠. 아내가 다른 것 때문도 아니고 먹고 살겠다고 그렇게 열심히 뛰는 건데 말입니다. 그런데 드디어 아내가 결단을 내렸습니다. 아내가 소매로 하는 액세서리집이라도 하겠다고 하네요. 설사 지금보다 돈이 덜 되더라도 알아보겠다고 합니다. 결국 아내는 고집불통 남편의 말을 귀담아들어준 셈입니다.

10년간 몸담았던 가게를 처분하던 날, 아내는 그 가게 앞에서 발길을 떼지 못했습니다. 자기가 앉았던 자리며 전화 받던 자리, 밥 먹던 자리까지 바라보며 눈물을 훔치더라고요.

그런 아내한테 미안하면서 또 고맙고…. 하지만 아내는 다시 힘을 낼 거라고 믿습니다. 그게 제 아내니까요. 저도 그 눈물을 보며 다짐했습니다. 앞으로는 아내에게 기쁨의 눈물을 선사해주겠다고요. 이젠 부부로서 다시 제대로 살아보렵니다.

고마운 제 아내한테 더 잘해줘야겠어요.

■ 쉬어가기

언젠가 그런 말을 들은 적이 있어요. 결혼은 100% 맞는 사람들끼리의 만남은 될 수 없다고요.

서로 50%만 맞으면 절반의 성공이고, 나머지는 서로가 한 방향을 바라보며 맞춰나가는 거라고요.
오랜 시간 서로 다른 환경에서 각자의 가치관으로 살아온 사람이 합쳐지는 과정에서 불협화음이 어찌 없을 수 있을까요. 그런데 문제는 상대방을 내 기준에 맞춰 바꾸려고 한다는 거예요.

상대방이 틀린 게 아닙니다. 상대방의 다름을 인정해 주세요. 그러면 어느 순간 불협화음이 협화음을 이루게 됩니다. 한배에서 나온 쌍둥이 형제조차 다른 성향을 갖고 태어나는걸요.

■ memo

....

....

....

....

....

....

....

....

....

....

....

아픈 만큼 성숙해지고

남편 이야기

벌써 8월이네요. 원래 계획대로라면 지금쯤 아내만의 멋진 미용실이 운영되고 있어야 한답니다. 하지만 그 계획은 올해 초 물거품이 됐습니다. 다름 아닌 제 동생 때문이었어요.

동생은 돈이 급히 필요하다고 했어요. 일주일만 쓰고 준다는 동생의 말을 저는 믿었습니다. 지방에서 나름 규모 있는 의류공장을 운영하고 있었던 동생은 아마 몇 년 전부터 자금 사정으로 힘이 들었던 모양이에요.

카드 값 돌려막듯이 진 빚을 감당할 길이 없었나 봐요. 동생도 제가 그리 넉넉한 사정이 아니란 걸 알 텐데, 그럼에도 저한테 마지막으로 이야기했던 것 같습니다. 늘 돈이 없다고 말했던 형이 1억 원이란 큰돈을 가지고 있을 줄은 꿈에도 몰랐겠죠. 그 돈은 우리 가족의 전 재산이었습니다.

그 돈이 어떤 돈이었냐면요. 넓은 집을 가고 싶어도 참고, 외식하고 싶어도 참고, 그렇게 참고 아끼면서 모은 돈이었어요. 아내와 제가 맞벌이하면서 모은 돈이요. 더군다나 아내는 하루 종일 서서 손님들 머리하면서 한 푼 두 푼 모은 돈이었어요.

아내는 무려 10년 동안 이 순간을 기다려왔습니다. 스무 살 때 처음 미용사 자격증을 따서 자신만의 미용실을 차리기 위해 노력해온 사람이거든요.

동생을 향해 화를 낼 때마다 아내는 말합니다. 남도 아니고 차라리 동생이니 다행이라고요. 그런데 지금 제 동생은 연락이 되질 않습니다. 공장은 부도로 넘어갔고 동생은 중국으로 간 것 같다는 소식만 간간이 들릴 뿐입니다. 이미 결번이 되어버린 동생한테 전화를 걸 때마다 분을 삭이지 못합니다.

어떻게 보면 정작 그 누구보다 실망했을 사람은 아내인데요. 아내한테 상의도 없이 돈을 빌려주고, 결국 이렇게 돼서 아내 얼굴을 볼 면목도 없습니다. 이젠 그 큰돈을 모을 자신도 없는데…. 아내한테 너무 미안해서 어떤 말로 위로해야 할지 모르겠네요. 여보, 당신 꿈을 산산조각 내서 미안해.

아내 이야기

우리 남편은 참 건장했어요. 그런데 불과 1년도 안 돼서 몸무게가 10킬로그램이나 빠졌습니다. 나중에 알고 보니 시장에서 조그만 과일을 파는 남편의 가게도 개점휴업 상태였습니다.

그놈의 돈이 뭔지…. 남편은 그 사건이 터진 후 한 달이 지나서야 제게 말을 꺼내더군요. 밤새 잠을 자지 못해 소주 몇 잔을 걸치고서야 잠이 들던 남편, 그런 남편이 어렵게 말을 꺼냈을 때, 그 말을 들은 저도 처음엔 절망스러웠습니다.

그 돈은 제겐 꿈이었습니다. 만약 저한테 상의했었더라도 빌려줬을 겁니다. 남편의 친동생이니까요. 이러나저러나 상황은 똑같았을 텐데, 남편이 제 눈치까지 보면서 너무 힘들어하네요. 이러다가 잘못하면 사람 잡겠더라고요. 그러다가 남편이 정신을 차린 건, 그 일이 있은 후 3개월이 지나서였습니다. 어떤 위로도 통하지 않았던 남편을 다시 일으킬 수 있었던 건, 저의 말 한마디 때문이었어요.

"나한테 미용실 사장이 되는 꿈보다 더 중요한 건, 바로 당신이야."

남편은 한동안 저를 빤히 쳐다보더군요. 그러더니 그 길로 머리도 자르고 턱수염도 깎더라고요. 저도 힘들지만, 남편은 더 힘들 거라고 생각했습니다. 아내에게 미안하면서도 한편으론 동생이 걱정됐겠죠. 하지만 제게 미안하니 속마음 전부를 털어놓지도 못하고….

그래도 다시 일어난 남편에게 너무 고마웠습니다. 그리고 제 한마디가 남편한테 힘이 됐다는 사실도요. 우리가 아직 서로를 많이 믿고 의지하고, 사랑하고 있다는 증거 같아요.

여보, 우리 이제 지난 일 진짜 잊어버리기로 해요. 비록 꿈을 이루진 못했지만 우리 다시 꿈을 꿀 수 있게 됐잖아. 안 그래요?

■ 쉬어가기

하나의 일도
어떻게 생각하느냐에 따라
긍정적 에너지가 될 수도
부정적 에너지가 될 수도 있는 것 같아요.

전화위복이란 말이 있죠.
너무 절망적으로만 생각하지 말자고요.
벼랑 끝은 위험한 곳이죠.
고통스럽고 두려움과 떨림이 있는 곳이기도 합니다.
그런데 천 길 벼랑 끝 절벽에도
꽃이 핀다는 사실 알고 계세요?
벼랑 끝에는 하나님의 은혜가 더 세차게
부어지는 곳이기도 합니다.
벼랑 끝은 위험한 곳이지만
새로운 기회의 문이 열리는 곳이기도 합니다.
그러니 힘내세요.

■ memo

....

....

....

....

....

....

....

....

....

....

....

다른 이름의 축복

남편 이야기

애 아빠가 된 지 이제 막 3주째입니다. 결혼한 지는 5개월에 접어드는데, 벌써 애 아빠가 되어버린 속도위반 부부죠. 요즘 우스갯소리로 임신이 혼수라는 말을 하곤 하죠. 하지만 아내는 임신 때문에 하고 싶은 공부까지 포기했습니다.

더군다나 요즘 육아 때문인지 아내는 스트레스가 심한가 봐요. 저는 출근하니까 잘 모르지만, 애가 손을 좀 탔는지 많이 보챈다고, 힘들다고 하네요. 저도 많이 도와주고 싶지만 생각처럼 쉽지만은 않습니다. 더군다나 집에 들어오면 9시가 넘어요. 아내는 저만 기다리는 눈치입니다. 헌데 저도 점점 지치네요. 집에 갈 시간이 되면 오히려 회사에서 발이 쉽게 떨어지지 않습니다.

집에 돌아오면 저도 피곤한데, 잠 좀 자려고 하면 아이의 울음

소리에 잠이 깹니다. 평소엔 그저 눈에 넣어도 안 아플 것 같은 예쁜 딸인데, 잠에서 깰 때면 정말 무서운 베이비입니다.

어제도 퇴근하고 너무 피곤했어요. 그런데 애가 새벽부터 깨서 울기 시작하더라고요. 아내는 일어나지도 못하고…. 저도 모르게 아내한테 애 좀 보라고 깨웠죠. 하루 종일 애한테 시달렸는데 새벽에 제가 안 봐주니까 아내는 많이 서운하고 힘들었나 봐요. 그래도 저는 영업직이라 사방팔방 돌아다녀야 하거든요. 저는 저대로 아내에게 서운한 마음이 들더라고요. 그러다보니 점점 집에 들어가기가 싫어지고, 고생하는 아내한테 짜증내는 일상이 반복됐습니다. 그래선지 아내와 조금 멀어진 것 같아요. 아내와 대화도 없어지고 말이죠.

아내와 나름 꿈꾸던 결혼생활도 있었고, 약속한 것도 많았어요. 속도위반으로 생긴 아기 때문에 그랬나 싶어 아내한테 미안해지네요. 아기가 어려서 여름휴가도 못 다녀왔어요. 하지만 이젠 아내를 위해서라도 휴가를 내야 할 것 같습니다. 여보, 당신한테 너무 미안해.

아내 이야기

　남편과 구체적인 결혼 얘기가 오간 것도 아니고, 프러포즈를 받은 것도 아니에요. 그런데 제 배 속에 아이가 먼저 생겨버렸습니다. 더군다나 저는 뒤늦게 대학에 가기 위해 공부를 하던 중이었어요. 대학에 가는 게 제 꿈이었고, 남편도 많이 도와줬는데요. 시험을 몇 개월 앞두고 임신이 되어버렸습니다. 그래서 제 꿈은 잠시 접어야 했지요.

　간혹 주부들이 산후우울증을 경험한다고 하죠. 저도 예외는 아니었습니다. 갑자기 생긴 아이 때문에 제가 꿈꾸던 삶은 뒤죽박죽이 되어버렸으니까요. 육체적으로 너무 힘들더라고요. 하루 종일 아이와 씨름한다는 게 이렇게 힘든 일인 줄 몰랐습니다.

　사실 저는 전업주부인지라, 제가 육아를 어느 정도 감당하는 게 맞을지도 모르겠어요. 그런데 남편에게 안 도와준다고 매일 짜증만 냈거든요. 일찍 들어와라, 저녁은 되도록 빨리 먹고 들어와라, 빨래해 달라, 청소해 달라, 등등.

　그러면서도 저 혼자만 고생하나 싶었죠. 그런데 인터넷에서 엄마들의 커뮤니티를 보니 알겠더라고요. 제 남편이 얼마나 애를 많이 쓰고 있는지 말이에요. 남편은 낮엔 낮대로, 밤엔 밤대로 제대로 쉰 적이 한 번도 없는 것 같네요.

　결혼하고 저는, 제 꿈을 이루지 못했다는 이유로, 그리고 아이

보는 게 힘들다는 이유로 남편에게 늘 짜증만 냈어요. 돌이켜보니 그때마다 남편은 저를 묵묵히 도와주며 감싸줬던 것 같습니다. 저보다 더 피곤할 텐데도 말이에요. 그것만 해도 고마운데, 남편이 저를 조금이라도 쉬게 해주고 싶다네요. 아이를 봐주겠다며 휴가를 낸다고 해요.

　여보, 그동안 나 힘들다고 너무 내 입장에서만 생각한 것 같아. 당신 생각은 안 했던 것 같아. 사실 우리 아기는 우리 사랑을 연결해준 고마운 존재인데 말이야. 공부는 애 키워놓고 다시 하면 되는데, 그 미련 때문에 괜히 더 힘들어했던 것 같아. 그런데도 나한테 짜증 한 번 안 낸 당신, 당신한테 너무 고마워. 앞으로 힘들어도 아기가 클 때까지 조금만 참자. 여보, 그거 알아? 내 인생에 당신을 만난 건 정말 행운이야. 고마워요, 여보.

■ 쉬어가기

아이는 어떻게 태어나나요?
두 사람이 만들어낸 최고의 걸작품이죠.
하지만 막상 아이가 태어나면
부부간의 갈등이 심해지는 경우를 많이 보게 돼요.

어느 순간 아이는 천덕꾸러기가 되어있어요.

잠시 힘들다고 잊지 마세요.
그 힘든 시기는 잠깐이고
내 아이의 가장 예쁠 때라는 사실을요.

■ memo

....

....

....

....

....

....

....

....

....

....

....

....

우리의 사랑은 고장 나지 않는다

남편 이야기

결혼한 지 15주년 기념으로 아내에게 차를 선물했습니다. 아내는 대학교에서 시간강사로 학생들을 가르치고 있습니다. 집에서부터 학교까지, 차를 세 번이나 갈아타야 도착할 수 있는 거리입니다. 차를 모으기 위해 3년간 아내 몰래 천만 원을 모았습니다. 제가 구입한 차는 중고차입니다. 후배가 타던 중형차를 제법 싼 가격에 인수하는 행운도 얻게 됐죠. 시중보다 꽤 싸게 산 차입니다. 후배에게도 고맙다고 몇 번을 얘기했는지 모릅니다. 제 나이 40대 초반인데, 주변에서도 그만하면 괜찮은 차를 샀다고 하더군요. 그러니 저도 그런가 보다 했죠. 하지만 웬일일까요. 후배는 제가 차를 구입하고 나서 연락이 통 되지 않더라고요. 그래도 차가 잘 굴러가니 저는 만족스러웠습니다.

"여보, 당신한테 선물하는 차야, 아직은 강사지만 그래도 교수님이 이 정도는 타고 다녀야지~."

"여보. 정말, 이게 내 차야? 당신, 정말, 생각지도 못했는데…."

그런데 차를 구입하고 한 6개월쯤 지났을까요. 아내의 차가 그만 길거리에서 서고 말았습니다. 저희 부부는 그저 잠깐 멈춘 거라고 생각했죠. 그런데 아내의 차는 그 이후로 그 자리에서 소생하지 못하고 말았습니다. 알고 보니 후배한테 인수를 받은 차는 킬로미터가 조작된 차에다 엔진에 결함도 있는, 어디 한군데 성한 곳이 없는 차였습니다. 후배에게 연락이 닿지 않은 이유가 있었던 겁니다. 후배한테 사기를 당했다니. 하지만 그보다 더 속상한 건 바로, 아내가 실망하는 모습을 봐야 하는 현실이었습니다. 자기 차가 생겼다고 그렇게 좋아했는데…. 일주일에 한번 어김없이 세차를 하고, 실내도 아기자기하고 예쁘게 꾸밀 정도로, 아내는 너무나 좋아했습니다. 그런데 다시 출퇴근길마다 세 번씩 전철을 갈아타는 모습을 상상하니, 마음이 아프네요. 능력 없는 남편 때문에 아내가 고생하는 것 같아서요.

오늘도 아내는 그저 괜찮다고 웃어 보입니다. 시간강사인 자신한텐 너무 과분한 차였다고요. 여보, 내가 꼭 약속해. 중고차가 아닌, 당신에게 잘 어울리는 멋진 새 차 꼭 사줄게. 여보, 내 마음 알지…? 미안해 여보.

아내 이야기

　시간 강사로 대학 강단에 선 지도 어느새 3년이 됐습니다. 학생들은 저를 교수님이라고 부르죠. 하지만 저는 가끔씩 스스로가 부끄러울 때가 많아요. 사실 학생들을 위해, 그리고 저 스스로를 위해서라도 부단히 저를 채찍질하고, 나 자신을 위한 투자를 게을리하지 말아야 하는데요. 교수이기 이전에 저도 중학생 아이 둘을 키우는 엄마이다 보니, 늘 부족한 게 많네요. 하지만 이렇게 부족하게나마 교수가 될 수 있었던 건, 모두 남편 덕이었습니다.

　생활비로도 부족한데, 대학원 뒷바라지를 해준 남편…. 시험 기간에 공부할 때마다 아이들 챙겨주는 거며 학원 보내는 일까지 모두 남편 몫이었습니다. 하지만 남편은 단 한 번도 제게 불평을 하거나 힘든 기색을 보인 적이 없었습니다. 오히려 피곤하다고 투정을 부리고 짜증낸 사람은 저였지요.

　그런 남편이 결혼 15주년 선물로 차를 선물해줬을 땐 정말 눈물이 났습니다. 전 남편한테 아무것도 해준 게 없는데…. 정말 어떻게 보면 저만 생각하고 이기적으로 살아왔는데, 남편은 제게 늘 베풀어주기만 한 것 같아요. 비록 중고차였고, 중고차의 수명은 단 6개월이 전부였지만 말이에요. 그래도 그 정도의 기쁨을 누린 게 과연 어디에요.

　고장 난 차 때문에 저의 출퇴근길은 다시 이전으로 되돌아갔습니다. 다시 전철과 버스를 오가며 번거로운 환승을 해야 했죠. 그런데 이상하죠? 그런 수고로운 출퇴근길이 다시 시작되었는데, 발걸음이 마냥 무겁지만은 않습니다. 그건 아마 남편이 저를 향해 보여준 사랑 덕분이겠지요. 결혼 십오 년 차, 남편의 사랑은 한결같습니다.

여보, 더 이상 미안해하지 말아요. 난 당신한테 지난 15년 동안 너무 많은 사랑을 받아온 것 같아. 당신이 아니었더라면 지금의 내 모습, 꿈도 꾸지 못했을 거예요. 나를 음으로 양으로 지원해준 당신이 고마울 따름이에요. 15년이 지난 후에도 우리 지금처럼만 사랑하며 살아요. 고마워요 여보…. 그리고 사랑해요.

■ 쉬어가기

살면서 뒤통수 맞는 일 경험해보신 적 있으신가요?
때론 그 뒤통수를 믿었던 가장 가까운 사람에게 맞기
도 합니다.

그런데 인생이란 참 어처구니가 없어서
앞통수를 치는 일은 없는 것 같아요.

또 뒤통수는 저뿐만이 아니라
누구나 맞는 것 같더라고요.
그러니 나만 당했다고 억울해하지 마세요.

■ memo

....

....

....

....

....

....

....

....

....

....

....

2부

시련

마음도 간병이 되나요?

아들 이야기

얼마 전 아버지는 교통사고로 다리를 다치셨습니다. 병원에 입원하신 지 어느덧 일주일이 됐네요. 자식이라곤 저 하나뿐입니다. 게다가 며느리까지 맞벌이다 보니, 사별하신 아버지는 혼자 병원에서 지내고 계십니다. 그 점이 항상 마음에 걸렸죠. 그래서 간병인을 구해드리겠다고 했습니다.

처음에 아버지는 극구 사양하셨어요. 그런데 결국엔 소개를 받았다면서 간병인을 두셨습니다. 사실 간병인이라고 해봤자 그저 말동무 역할 정도 하시겠거니, 싶었어요. 참 편한 간병인이라고 생각했습니다. 아버지에게 물었죠.

"아버지, 돈은 생각 마시고 하루를 계시더라도 편안히 계세요. 간병인 소개받으셨다고 하시더니 마음에는 드세요?"

"어어, 어 그래…."

며칠 전, 병원에 우연히 들렀다가 낯 뜨거운 현장을 보고야 말았습니다. 멀리서 본 아버지를 한 아주머니가 거의 안다시피 하고 계시더라고요. 그리고 어디론가 사라졌는데 도통 찾을 수가 없는 겁니다. 저도 모르게 아버지! 하고 크게 불렀죠.

그런데 병실 안에서 아버지 목소리가 들리더군요.

"정석이 왔냐?"

"아버지 지금 뭐하세요?"

"뭐하긴, 지금 나 머리 감겨주시러 온 거 안보이냐?"

저도 참, 무슨 오해를 한 거지요. 아버지한테 죄송했습니다. 어차피 혼자 계신 아버지가 깔끔해 보이는 간병인 분과 눈이 맞는다고 해서 딱히 나쁠 일도 없는데 말이죠. 저는 아내와 이렇게 알콩달콩 사는데, 저란 놈도 참 이기적이란 생각을 오늘에야 하게 됐습니다. 아버지! 잠깐이나마 그런 마음을 먹어서 너무 죄송해요.

아버지, 그거 아세요? 저는 그날 처음 봤습니다. 병상에 누워계신 아버지가 처음으로 호탕하게 웃으시는 모습을요.

이젠 아버지 혼자 그렇게 놔두지 않을게요. 저는 가정을 이뤘는데, 아버지 생각을 제가 미처 못 했어요. 아버지, 더 이상은 외로이 사시게 하지 않을게요.

아버지 이야기

병원에 입원하거나 돈 들 일이 생기면 가장 미안한 사람은 바로 아들입니다. 하나뿐인 아들이 혼자 무거운 짐을 다 져야 하니까요. 며느리도 마찬가지구요.

그러다 보면 괜히 혼자 넋두리로 저세상에 먼저 간 아내 탓을 합니다. 자식이라도 더 낳을걸, 그럼 우리 아들 부담도 좀 덜할 것을….

이번에도 그랬습니다. 요즘 같은 세상에 맞벌이로 갓난아기 키우는 게 한두 푼 들어가는 게 아닐 텐데요. 이 아비까지 신경 쓰느라 아마 많이 힘들 겁니다. 외동아들이라고, 물려줄 재산이 많은 것도 아니고요. 이럴 때면 아들 얼굴 보기도 괜히 민망해지네요. 그런데 곁에서 돌보지 못한다는 이유만으로 간병인까지 붙여줬습니다. 사실 그 간병인, 노인정에서 오랫동안 친구로 지냈던 분입니다. 그분과 나는 배우자를 사별했다는 공통점이 있죠. 그랬기에 통하는 것도 많고, 함께하는 시간 역시 자연스레 많아졌죠. 그런데 아까 아들이 저한테 이런 말을 하네요. 퇴원하면 이젠 혼자 계시게 안 한다고 말이죠. 이런 의미심장한 말을 남기네요. 아들 말이 무슨 뜻인지 압니다. 저도 눈치가 있는데요. 근데 전, 그 말만으로도 충분하네요. 제 나이 칠순 넘어 뭘 더 바라겠습니까. 이제 와서 황혼 재혼이라도 하라고요? 아니요. 전 못합니다.

마흔 살부터 우리 아들 하나 바라보고 살았습니다. 우리 아들의 어머니는 그냥 한 분으로 남겨주렵니다. 저는 그냥 곁에 이렇게 마음씨 고운 여자 친구가 생긴 것만으로도 감사할 뿐입니다. 함께 늙어가는 동반자는 비록 없지만, 외동아들 장가보내서 손자도 봤고요. 무엇보다 잘 커준 아들이 이렇게 저한테 마음을 써주니, 저는 그냥 지금 이대로도 충분합니다.

아들이 간병인에게 줄 돈 100만 원을 놓고 갔네요. 하지만 이번만큼은 아들한테 100만 원을 도로 건네주렵니다. 아들이 늘 안쓰럽다 보니 아들 돈 쓰는 건 이렇게 서서 쓰게 되나 봅니다.

아들아, 요즘 세상에 각자 살기도 바쁜데, 네가 항상 애비 챙기는 것만으로도 난 너무나 고맙다. 그러니까 이 애비 신경은 그만 쓰렴.

정석아, 그거 아니? 이 애비가 세상에 태어나서 잘한 게 있다면, 그건 바로 우리 효자 아들, 정석이를 낳은 거란다.

■ 쉬어가기

2020년경, 세계보건기구가 예측한 병.
곧 세계 2위 질병이 될 거라고 예측한,
그 병이 뭔지 아세요?

바로 빈둥지증후군으로 인한 우울증입니다.

주로 엄마에게서 더 뚜렷하게 나타나긴 하지만
혼자 남겨지는 아버지에게도 예외는 아닐 거예요.

자녀들에게 자주 연락하고
또, 자녀들은 부모에게 지속적인 지지를 보내는 것.

평생 서로 간의 몫이랍니다.

■ memo

....

....

....

....

....

....

....

....

....

....

....

아내의 수술

남편 이야기

아내가 갑상선 수술을 했습니다. 여포성 종양이라서 절개를 하고 조직검사를 해봐야 암인지 아닌지를 판별할 수 있다고 하네요. 그리고 며칠 전 갑상선 중 왼쪽에 8~9mm 정도의 여포성종양이 생겨서 왼쪽만 절개를 했습니다. 그리고 천만 다행으로 수술이 잘 끝나 하루 만에 퇴원했네요.

의사가 그럽니다. 막상 절개해보니 크기가 작았고, 수술이 잘 돼서 설사 조직검사에서 암으로 판명 나더라도 추가수술은 필요 없겠다고요.

조기에 발견해서 그나마 이 정도로 끝난 게 얼마나 다행인지요. 저도 가슴을 쓸어내렸습니다. 37살이라는 나이, 사실 아내는 스물다섯 살에 저한테 시집왔습니다. 정말 아무것도 모르는 나이니, 3남 4녀인 저희 집으로 시집왔겠지요. 그것도 시집살이 하면서 살았으니, 아내는 나이에 비해 참 대단한 여자였습니다.

이번 수술이 꼭 아내가 12년 결혼생활로 얻은 훈장인 것 같아요. 그래서 마음이 아픕니다. 아니, 너무 미안합니다. 이북에서 내려온 시부모님 밑에서 한 세월을 살았으니 말이에요. 그간 말을 하지 않았을 뿐이지, 얼마나 하고 싶은 것도, 사고 싶은 물건도 많았겠습니까. 지금 생각해보니, 아내한테 제대로 된 옷 한 벌 사준 적이 없네요.

병원에 누워있는 동안 아내 얼굴을 보니 그래도 아직 피부가 하얗고 곱습니다. 하지만 손에는 주름이 생겼네요. 시어머니 모시랴, 미혼인 시누이 둘 모시랴, 바쁘게 동동거리며 산 세월의 흔적이겠지요. 모처럼 아내 손을 꼭 잡아보네요. 여보, 미안해. 내가 앞으로 살면서 당신한테 다 보상해줄게. 약속할게, 여보….

아내 이야기

갑상선에 혹이 보인다는 얘길 처음 들었을 땐 겁부터 덜컥 났습니다. 설마 암이면 어떡하지. 내 아이들, 어머님 아버님. 그리고 우리 남편. 마치 영화필름 돌아가듯 제 머릿속에 지난 세월이 빠른 영상으로 쫙 펼쳐지더군요. 마음에 가장 걸리는 사람은 아이들일 줄 알았거든요. 근데 아니더군요. 바로 남편이 가장 걸렸어요. 병원에 입원하기 위해 짐을 챙기는데, 남편이 처음으로 제 옷장을 열어보았습니다. 그러더니 제게 묻는 거예요.

"당신 옷이 이것뿐이야? 이게 다야? 이게 전부 맞아?"

옷장을 보고 제게 몇 번이고 재차 확인을 하더라고요. 결혼 12년 차, 근검절약이 워낙 몸에 밴 아버님 어머님 덕에 전 쇼핑할 기회가 별로 없었습니다. 어머님은 옷이 필요하다고 하면 이렇게 말했어요.

"집에 있는 사람이 옷이 뭣 땜에 필요하냐. 아무거나 걸칠 것만 있으면 되지. 내가 입은 이 옷은 10년 된 거다."

심지어 이 집 TV는 리모콘조차 없습니다. 이 정도면 설명이 될까요? 그런데 옷장에 겨우 옷이 예닐곱 벌 걸려있는데, 남편 눈에도 입을 옷이 없어 보였나 봐요. 남편은 자기 남방을 저한테 걸쳐주곤 병원에 저를 데려다주었습니다. 그리고 휴가까지 내며 제 곁을 지켜주었지요. 그러면서 제게 미안해하는 거예요. 제대로 된 옷 한 번 안 사 입었느냐고, 화를 내는 남편과 함께 있는 것만으로도 저는 왜 그리 좋은지요. 고작 단 며칠인데, 제 옆에서 병간호하는 남편 모습을 보니 모든 서운함이 눈 녹듯 녹아버리네요. 오히려 남편한테 고맙더라고요. 우리가 부부구나, 그래, 내 곁엔 이 사람이 있었지, 하는 생각이 들었어요. 괜히 든든하기도 하구요.

미안해하는 남편과 정말 오랜만에 손을 꼭 잡았습니다. 그리고 비록 말은 못 했지만 마음속으로 수십 번 얘기했어요. "미안해", "고마워" 라고 말이죠.

여보, 내가 나은 건 순전히 당신 덕분이에요. 고마워요.

■ 쉬어가기

그거 아세요?

즐거운 하루는 15분 같고,
고통스러운 하루는 15년 같은 법입니다.

하지만 삶을 어떻게 받아들이고
어떻게 사느냐에 따라
그 15분을 15년으로 만들고,
그 15년을 15분으로 만들 수 있습니다.

그 선택은 바로 나 자신이 하는 거예요.

■ memo

....

....

....

....

....

....

....

....

....

....

....

이젠 술 대신 아내

남편 이야기

저는 이 세상에서 아내에게 가장 나쁜 놈일 겁니다. 이제 술을 끊은 지 어느덧 6개월이 다 되어가네요. 저는 술 없이는 못 사는 애주가였습니다. 사실 말이 애주가지, 저는 뉴스에나 나올 법한 그런 알코올 중독자 같은 사람이었습니다. 술을 너무 많이 마시면 필름이 끊긴다고 하죠? 그 후에 일어났던 기억이 제 머릿속에는 하나도 남아있질 않습니다.

저로 인해 가장 힘들었던 사람은 바로 아내였습니다. 아침에 정신을 차리고 일어나면 아내는 늘 제 곁에 없었습니다. 그저 제 술 냄새 때문이려니 했었습니다. 그런데 어느 날 아침에 부엌에 쪼그리고 앉아서 울고 있는 아내를 봤어요.

"당신 무슨 일이야? 왜 아침부터 울고 있어? 팔은 또 왜 그래?"

멍이 든 팔을 보니 무슨 일이 있었던 게 분명했습니다. 헌데 그럴 때마다 아내는 제게 아무 말도 하지 않았습니다. 그런데 그때, 초등학교 1학년 된 딸아이가 방에서 뛰쳐나오더라고요.

"이 술주정뱅이! 폭력범! 아빠가 내 아빠인 게 너무 싫어!"

딸아이는 저를 원망스런 눈빛으로 쳐다보면서 울고 있었습니다. 그제야 전 알게 됐습니다. 지난 5년간 제가 술만 마시면 아내를 때려왔다는 걸요. 그런데 전 감쪽같이 몰랐습니다. 아내한테 저는 두 얼굴의 사나이였던 겁니다. 제가 얼마나 무서웠을까요? 또 우리 딸한테 저는 과연 어떤 어버지였을까요. 제 등이 오싹하고 제 자신이 미워서 너무 견딜 수가 없더라고요. 그 길로 병원까지 다니며 술을 끊은 지 6개월이 됐습니다. 하지만 정작 아내한텐 그동안 정말 미안했단 말 한마디조차 하질 못했네요. 아내에게 미안하단 말로 용서를 받을 수 있을지, 모르겠습니다.

여보, 5년 동안 당신이 고생한 걸 생각하면 정말 미안해. 물론 미안하단 말로는 부족하지만 말이야. 나, 술 끊었잖아, 여보.

이제 앞으로는 진짜 새사람이 될게. 당신과 내 딸을 위해서!

아내 이야기

　결혼한지도 어느덧 8년이 다 되어갑니다. 남들은 결혼생활 8년이라고 하면 가장 먼저 떠오르는 게 뭘까요. 저는 두말 않고 바로 남편이 떠오릅니다. 그것도 알코올 중독에 폭력 남편. 남편은 평소에 참 자상하고 부드러운 사람입니다. 그런데 술을 과하게 먹으면 정말 짐승으로 돌변하죠. 말도 알아듣지 못합니다. 그러니까 저를 그렇게 때렸겠죠….

　여름에도 가끔 긴팔을 입었던 이유를 남편은 최근에나 알았습니다. 하지만 그동안 남편에게 말할 수 없었습니다. 말한다고 해도 아무것도 기억하지 못하니까요. 전부 제가 거짓말을 하는 거라고 생각했을 거예요. 사실 결혼하고 한 3년 동안 남편은 술을 잘 마시지 않았습니다. 하지만 남편이 치킨 집을 차리면서 달라지기 시작했죠. 워낙 손님들과 말벗 하는 걸 좋아하다 보니 이 테이블에서 한 잔, 저 테이블에서 한 잔, 세상 고민은 혼자 다 해결해줄 듯 상담해주니 그 덕에 단골도 꽤 많이 생겼습니다. 그러면서 술이 늘었는데 남편의 스트레스도 쌓여갔던 것 같아요. 그리고 그게 결국 폭력으로 이어진 거죠.

　그런 남편이 5년 만에 정신을 차렸습니다. 남편은 아예 가게를 팔았어요. 전 깜짝 놀랐습니다. 5년이나 애지중지하면서 인테리어까지 모두 손수 했던 남편이었으니까요.

"당신, 괜찮겠어?"

"그럼 괜찮지. 그동안 이 가게 때문에 행복한 줄 알았는데…당신은 고통스러웠잖아. 그리고 이런 건 당신한테 얘기 안 해주려고 했는데…. 권리금도 꽤 챙겼어. 천천히 할 걸 생각해보지 뭐."

이젠 남편은 술을 끊었습니다. 매일 부드럽고 자상한 남편으로 100점짜리 남편으로 돌아왔습니다. 남편은 병원 다니면서 알코올 중독 치료를 받았다고 해요. 본인에겐 참 쉽지 않은 선택이었을 텐데 남편이 너무 대단하고 자랑스럽습니다. 아이를 위해 저를 위해 또 본인을 위해 정말 큰일을 한 우리 남편…! 고맙고, 사랑합니다.

■ 쉬어가기

우리가 많이 아는 이솝우화 중
바람과 태양이 누가 나그네의
외투를 먼저 벗게 할 것인지
내기를 하는 이야기가 있어요.

먼저 바람이 나그네의 외투를
벗기려고 바람의 세기를 강하게 하였더니
나그네는 외투를 더욱 여밉니다.

근데 태양은 어땠나요?
따뜻한 햇살을 나그네에게 비추자
잠시 후 나그네는 땀을 흘리며 외투를 벗기 시작하죠.

이 이솝이야기는 직설적이고 강압적인 것보다
우회적으로 스스로 하게 하는 것이 더 쉽고
효과적이라는 것을 보여줍니다.

부부도 마찬가지인 것 같아요.

따뜻하게 내미는 손길은

결코 외면당하지 않을 거예요.

기다림의 시간차만 있을 뿐입니다.

아내의 당뇨

남편 이야기

내일 이사를 갑니다. 오르는 전세값을 더 이상 감당할 수 없어서요. 이번엔 좀 더 외곽으로 나가게 됐습니다. 그래도 오르는 전세시장 틈바구니에서 그나마 저렴한 곳이 있으니, 다행이란 생각뿐입니다.

잠든 아내의 등을 물끄러미 바라봅니다. 예전보다 확연하게 작아진 것 같네요. 몇 년 전보다 눈에 띄게 작아진 등이 혹시 당뇨병 때문은 아닌지 모르겠습니다. 선천적으로 심장이 약한 데다가 당뇨로 고생을 한 지 십 년. 작아진 아내의 등을 보니 지난날이 주마등처럼 머릿속을 스쳐 지나가네요. 아내는 스무 살이라는 어린 나이에 가난한 집에 시집왔습니다. 신혼여행조차 가지 못했지요. 그나마 결혼하고 첫 나들이로 서울 구경 갔는데, 사진 한

장 찍어주지 못했습니다. 단칸방 살림도 조금씩 나아지는가 싶더니, 결국 이사를 열두 번이나 다녔네요. 아내 고생만 시킨 셈이죠. 그리고 30년이 흘렀는데, 이사는 여전히 진행형입니다.

그런 고통을 감수하고 살아왔건만, 아내는 아무리 힘들어도 눈물을 흘리지 않습니다. 그나마 모아둔 돈도 제가 보증을 서는 바람에 날려먹었죠. 하지만 아내는 눈 하나 끔쩍하지 않았습니다. 아들 둘을 대학에 보내고, 장가도 보내야 했으니까. 그러기 위해선 뒷바라지를 더 해야 한다고요. 아내가 그러더군요. 누워있을 시간조차 없어 아프지도 못했다고요. 헌데 어느새 작아진 등을 보니 속이 울컥합니다.

이 사람아, 고생 많이 했네. 진짜 고생 많이 했다. 당신이기에 가능했어. 만약 상을 줄 수 있다면, 우리 아내는 최고의 상을 받아야 합니다. 미안해요, 미안해요. 여보. 정말 이 말밖에는 할 말이 없습니다.

이번이 마지막 이사는 아닙니다. 그 사실도 아내에게 미안하네요. 우리 가정에도 좋은 날이 오기를… 우리 집도 언젠간 쨍하고 해뜰 날이 찾아오기를 바라는 마음입니다.

아내 이야기

곧 13번째 이사를 앞두고 있습니다. 이번에도 일반이사를 택했습니다. 이사를 하다 보니 노하우가 붙은 건지도 모르겠네요.

용도별로, 크기별로, 항목별로 짐을 꾸립니다. 이제 이삿짐 포장하는 것도 제법입니다. 업체보다 나을 정도니까요. 사실 짐 포장하는 일은 대부분 남편 몫입니다. 이젠 나이가 먹어서 그런지, 남편도 힘이 드는지, 이사를 하고 나면 남편은 심하게 앓아눕습니다. 이번에도 그러겠지요. 비록 외곽으로 가지만 평수는 더 넓어졌습니다. 대학생 아들 둘이 난생 처음 각각 방을 쓰게 됐습니다. 어린애마냥 설렌다고 난리네요. 이번만큼은 이사를 가고 싶지 않았습니다. 전에 살던 그곳이 학교와 가까웠거든요. 어느덧 4년이나 살다보니 나름대로 정도 들었고 말입니다. 그런데 나중에야 알았습니다. 우리 집 전세가 2천만 원이나 올랐다는 사실을요.

"여보, 뉴스에서는 전셋값 올랐다고 난린데, 우리는 괜찮아요?"

"당신은 신경 안 써도 돼요. 애들도 다 컸는데 이번엔 좀 공기 좋은 데로 가려고."

아무래도 저 때문인 것 같습니다. 저는 선천적으로 심장이 좋지 않아요. 그런 제가 혹시라도 신경쓸까 봐 쉬쉬하는 게 분명합니다. 남편은 행여 제가 돈 걱정이라도 할까 봐 그랬는지…, 이번에도 이사를 이렇게 일주일 앞두고서야 고백했습니다. 이런 아내를 평생 데리고 살았으니, 남편 속은 정말 시커멓게 탔을 겁니다.

한때는 그랬습니다. 혼자 결정하고, 혼자 일을 벌이는 남편에게 서운하기도 했습니다. 그런데요. 그게 제 남편입니다. 제게 말해봤자 저한테 2천만 원이 없을 게 뻔했으니까요. 그래봤자 저 역시 땅이 꺼지도록 한숨만 쉴 테니까요. 그러니 아예 자기 혼자 이 무거운 짐을 짊어진 거겠죠.

"당신은 애들이랑 살림이나 신경 써. 그게 당신 몫이네."

제가 뭐라도 하면 조금이라도 보탬이 될 텐데 말이죠. 남편은 이젠 늙었다고 그나마 나가던 일도 그만두라고 난립니다. 이 정도 고생만 하면 됐다, 라고 말하는 사람입니다. 그래서 더 미안하고 고맙네요. 이번이 마지막 이사가 아니라도 좋습니다. 결혼 삼십 년, 설령 고생을 했다고 해도 절 깊이 생각해주는 남편 덕분에 전 행복한 사람이니까요. 여보, 고마워요.

▪ 쉬어가기

예전엔 기쁨은 나누면 배가 되고
슬픔은 나누면 줄어든다고 했잖아요?

얼마 전 이런 얘길 들었네요.

기쁨은 나누면 질투가 되고
슬픔은 나누면 약점이 된다고요.

한참을 들여다보다가
고민 끝에 그냥
"겸손"이란 두 글자를 마음에 새겨봅니다.

■ memo

....

....

....

....

....

....

....

....

....

....

....

아픔을 딛고 일어선 아들

아내 이야기

기다리던 아이가 태어난 날이었습니다. 초산이었는데 총 5시간 만에 자연분만으로 아이를 낳았어요. 예상보다 3주나 빨리 엄마아빠 얼굴을 보겠다고 세상 밖으로 나온 아이. 친정엄마도, 시어머니도 말 그대로 순풍이라면서 얼마나 기뻐했는지 모릅니다. 그런데 다음 날 아침, 병원 전화벨이 갑작스레 울렸습니다.

"급합니다. 보호자 분 어서 내려와 보세요!"

급하게 내려간 남편은 그길로 저한테 소식도 못 전하고 큰 병원으로 아이를 데리고 갔습니다. 올챙이처럼 배만 심하게 부푼 아이의 진단명은 '장 폐쇄'였습니다. 장 어딘가가 막혔거나 장이 제 기능을 못 해 태변을 못 싸면서 배가 부풀어 올랐다는 겁니다. 소식을 전해 들은 전 믿을 수 없었습니다. 낳을 때까지만 해도,

아니 초음파로 만삭이 된 아이의 상태를 봤을 때까지만 해도 얼마나 건강했는데…. 하지만 0살인 아들의 병마와의 싸움은 그게 시작이었습니다. 4시간에 걸쳐 아기는 대대적인 수술을 받았어요. 태어난 지 고작 하루, 손바닥만 한 크기의 배를 가르고 장에 낀 태변을 긁어내는 수술을 받았습니다. 헌데 아이의 장은 그래도 움직이지 않았어요.

"기다려봅시다. 검사 결과 모든 게 정상인데, 정말 이상하네요. 장이 아직 미숙한 것 같습니다."

결국 아이는 배 옆에 인공항문을 달았습니다. 믿기 힘든 현실이었습니다. 저는 그때부터 남편에게 짜증을 내기 시작했죠. 남편과는 얘기도 하지 않았어요. 남편은 우리 아이 분명 괜찮을 거라며 희망을 갖자고 했는데, 전 그냥 이 현실을 피해 도망가고 싶었어요. 아이한테도 어떻게 해야 하는지 알 수 없었습니다. 그저 인공항문만 바라보며 눈물만 흘렸죠. 심지어 주변의 시선이 부담돼 남편과 이혼까지 생각했습니다. 그런데 6개월쯤 되었을까요. 거짓말처럼 아이가 항문으로 변을 보기 시작했습니다. 인공항문도 뗄 수 있었답니다. 기적 같은 일이었습니다. 그리고 이제, 아이가 정상이 된 지 3개월이 흘렀습니다. 지금은 모든 일이 꿈만 같아요. 하지만 못난 저 때문에 남편이 상처를 많이 받은 것 같아요. 오늘도 그저 자긴 괜찮다고 웃어 보이는 남편. 어떤 말로 미안하다고 위로해야 할지 모르겠습니다.

남편 이야기

아내는 교사입니다. 하지만 이번에 아이가 병원에 입원하는 시간이 길어지면서 1년간 휴직을 했어요. 교사를 천직으로 아는 아내에게 휴직이란 의미는 그만두는 거나 마찬가지였습니다. 아내는 전적으로 아이에게 매달렸죠. 워낙 사교성이 좋았던 아내였지만 주변사람들과도 연락을 끊었습니다. 이유를 알 턱이 없는 사람들은 아내한테 변했다고 하고, 서운해하기도 했습니다. 아내는 밤만 되면 또래 친구들이 SNS에 올린 아기사진들을 보며 울곤 했어요. 나도 저런 날이 올까? 하고 말입니다.

아내는 6개월 동안 몸무게가 5킬로그램이나 빠졌습니다. 지극 정성으로 아이를 돌본 결과였죠. 그런 아내의 노력 덕분인지, 거짓말처럼 우리 아기는 건강을 되찾았습니다.

하루하루 불어나는 병원비를 감당해야 했어요. 돈을 벌어야 했기에 회사일로 바쁘다며 병원 오는 일도 거르곤 했습니다. 그래서 아들 곁도, 아내 곁도 잘 지키지 못했어요. 산후 조리도 제대로 못한 아내는 정말 정신력이 대단한 여자입니다. 병원 밥 먹고 보조의자에서 잠을 청하기도 했죠. 행여라도 자신이 없으면 엄마 냄새가 나지 않아 아기가 불안해할 것 같다고 했어요. 아내는 병원에 입원해 있는 내내 단 한 번도 집에 간 적이 없습니다. 아내가 우리 아기를 살렸습니다. 하지만 그동안 저는 아내한테 애썼다고, 그동안 수고 많았다고 단 한마디의 따뜻한 말도 건네지 못했습니다.

이제라도 아내한테 말하고 싶습니다. 건강해진 우리 아기 다른 집처럼 예쁘게 키우자고요. 사진도 더 많이 찍어주고 좋은 거 더 많이 보여주자고요. 더 이상 남의 SNS에 있는 사진 보고 울지 말라고요. 그동안 정말 당신한테 고맙다고요.

■ 쉬어가기

인생에서 가질 수 있는
특급 승진은
바로 아빠, 엄마가 된다는 겁니다.

■ memo

....

....

....

....

....

....

....

....

....

....

....

다시 찾아온 생일

남편 이야기

아내의 생일은 추석입니다. 추석 연휴와 겹치다 보니, 어느 순간부터 추석과 함께 묻히게 됐습니다. 결혼 초기엔 그나마 친척들 앞에서 생일 케이크에 불을 붙여주기도 했지만 말이에요. 그것도 아내의 나이가 마흔이 넘으면서 언제부턴가 사라지게 됐지요. 아내의 나이 마흔 일곱. 어느새 그렇게 됐습니다. 작년에도, 재작년에도, 생일을 넘겨도 꿈쩍하지 않았던 아내가 요 며칠 이상합니다. 무슨 안 좋은 일 있냐는 물음에 아내는 심드렁한 얼굴로 대답합니다. 별일 없다고 말이에요. 그래도 내내 마음에 걸리더군요. 딸아이에게 슬쩍 물었습니다.

"세희야, 요즘 니네 엄마 왜 저러니?"

"아빠, 몰라? 그제가 엄마 양력 생일이었어. 근데 아무도 모르고 지나갔잖아. 추석 때도 그냥 지나갔는데….”

“너도 몰랐어? 딸내미라고 하나 있는 게….”

저도 모르게 딸내미한테 꿀밤을 때렸네요.

“아빠도 몰라놓고 나한테만 그래!”

딸아이는 짜증을 벌컥 내더니 자기 방으로 쏙 들어가 버립니다. 괜히 딸한테도 인심을 잃었습니다.

그런데 그날, 아내는 저녁상을 차려놓고 방문을 세차게 닫고 들어가더군요. 밥 먹고 슬그머니 들어와 보니, 아내는 이미 자리 깔고 등을 보이고 누웠습니다. 생각해보니 그렇더군요. 아내는 지금껏 한 번도 제 생일을 잊은 적이 없습니다. 음력생일을 챙기느라 날짜가 매년 바뀌어도, 아내는 매년마다 달력에 빨간 동그라미를 그려놓곤 했으니까요. 저라도 아내 생일을 챙겨줄 것을…. 그게 가족인데.

‘여보, 생일 축하해’ 라는 말 한마디를 건넨 지가 언제인지, 기억조차 나질 않습니다. 그래선지 아내의 등이 오늘따라 어쩐지 더 슬퍼 보이네요. 미안해요. 여보.

아내 이야기

이번 추석도 명절 준비로 떠들썩하게 지나갔습니다. 그런데 하나뿐인 딸년도, 하나뿐인 남편도, 저한테 생일 축하인사조차 없었습니다. 생일이 뭐 별거겠어요. 그저 그러려니 하고 넘기려는데, 며칠 전 빵집에서 본 할아버지 한 분이 떠오르더군요. 나이 지긋해 보이는 분이었는데, 아내 분의 생일케이크를 고르고 있었나 봐요. 빵가게 점원에게 이렇게 말하더군요.

"우리 마누라가 단 걸 많이 싫어해. 그러니까 달지 않은 걸로 골라줘요…. 초 챙겨주는 거 잊지 말고…."

세심해 보이는 어르신 모습에 잊고 있던 제 생일이 떠오르는 건 무슨 주책인지요. 곧 나이 오십이 코앞인데, 생일 투정이라니요. 헌데 섭섭한 마음이 드는 것도 사실이었어요. 일찍이 부모님이 돌아가시고, 늘 추석 명절에 겹치는 제 생일 때문에 저는 어릴 때부터 생일상 한번 제대로 받아보지 못했거든요. 그래선지 갑자기 설움이 복받치더군요. 빵가게를 뛰어나와 한참을 울었네요.

그리고 집에 왔더니 그날이 바로 제 양력 생일이었습니다. 음력양력 다 챙기는 건 아니지만, 어쩐지 제 인생이 서럽다는 생각마저 들더라고요. 그렇게 하루를 꼬박 아픈 사람처럼 누워만 있었습니다. 그런데 그 다음 날이었네요. 저녁상 보다가 잠깐 두부 한 모 사들고 집에 들어왔는데, 온 집 안이 어두컴컴합니다.

제 눈앞에 갑자기 등장한 건, 촛불이 가득 꽂힌 케이크였어요. 그리고 부엌에 불이 켜지더니 미역국이 한 사발 올려져 있습니다.

"여보~ 늦었지만 생일 축하해. 이 미역국 그릇이 왜 이렇게 큰 줄 알아? 그동안 당신 생일 잘 못 챙겨줬으니까, 이번 생일날 그동안 서운했던 몫까지 당신 많이 먹으라고!"

"뭐…?"

저도 모르게 눈시울이 붉어졌습니다. 정말 고마웠던 건 남편의 마지막 말 한마디였습니다.

"여보, 이 세상에 태어나줘서 내 곁에 있어줘서 고마워…!"

여보, 그땐 미처 말을 못 했어요. 여보, 고마워요. 부모 없는 빈자리를 덜 느끼면서 내가 살아갈 수 있는 것도 어쩌면 당신 덕분이니까요. 내게 때론 부모 같고, 때론 오빠 같은 사람, 바로 당신입니다. 고마워요, 여보.

■ 쉬어가기

세상에 특별한 사람은 없습니다.
평범한 사람들이 만나
특별하게 사랑하는 거 아닐까요?

그렇게 생각하면
평범하게 만났지만 특별한 인연,
어쩌면 지금 곁에 있는 사람일지도 모릅니다.

■ memo

....

....

....

....

....

....

....

....

....

....

....

우리에게도 아이가 생길까요

아내 이야기

남편과 결혼한 지 5년이 됐습니다. 명절을 보내고 나면 제겐 후유증이 있습니다. 아마 다들 명절증후군이라고 생각하겠지요. 네 맞습니다. 그것도 제 입장에서 보면 명절증후군 중의 하나지요. 전 아이를 가질 수 없습니다. 그래서 명절이 되면 아이 있는 집이 그렇게 부러울 수가 없어요. 색동옷 입은 아이 한둘씩 끼고 귀향길에 오르는 가족들, 그들의 모습이 그렇게 부러울 수가 없어요.

저는 아이를 가질 수 없는 몸이에요. 워낙 심했던 자궁근종 때문에요. 그건 결혼 전부터 모두 알고 있던 사실입니다. 남편도, 저도 말이죠. 이런 사실을 알고도 남편은 저를 받아준 셈이죠. 그때만 해도 그랬어요. 아이 같은 거, 사랑 앞에선 아무것도 아니었어요. 그런데 결혼하니 어디 과연 그런가요.

나들이 가면 남편은 꼭 어딘가를 오래 응시합니다. 그 시선이 머무는 곳은 다름 아닌, 아이 가진 가족들이지요. 그 정경을 오래 바라보고 있던 남편의 눈이 금새 젖어드는 걸 볼 수 있어요. 그래요, 맞아요. 그 풍경이 부러운 게지요. 얼마나 깊이 들여다보는지, 어쩔 땐 남편을 불러도 바로 알아듣지 못한다니까요.

사랑하는 남편의 아이를 못 갖는 고통. 아마 겪어보지 못한 사람은 모를 겁니다. 남들은 쉽게 누리는 그 행복, 그걸 가만히 들여다보는 일. 그게 저와 같은 처지의 사람에겐 얼마나 고통스러운 일인지를 말이에요.

얼마 전, 남편에게 말했어요. 우리 인공수정이라도, 시험관 아기 시술이라도 시도해보자고요. 혹시 모르잖아요. 간절히 바라면, 아니 지성이면 감천이라고 우리가 이렇게 아기를 원하는데, 어쩌면 기적처럼 생길 수도 있지 않겠냐고. 제 말에 남편은 말없이 고개를 끄덕입니다. 결국 제 부탁을 들어주었어요. 이제 며칠 후면 첫 시술을 앞두고 있네요. 첫사랑이 뭐라고, 남들이 다 갖는 아이조차 안겨주지 못하는 못난 나, 이런 나와 결혼해 준 남편에게 너무 미안합니다.

남편 이야기

아내는 제게 첫사랑이었습니다. 무려 7년간의, 그것도 직진사랑이었죠. 그녀를 짝사랑한 지 3년 만에 그녀도 제게 마음을 열었습니다. 첫사랑은 이루어지지 않는다는 법칙을 깨고 말이죠.

만난 지 7년째가 되던 그녀의 생일 날, 프러포즈를 하려고 했는데 그녀가 거짓말처럼 사라졌습니다. 그리고 그 자리를 그녀의 친구가 대신했습니다. 친구가 말하더군요.

"혜진이···. 선배와 결혼 못 해요. 아니, 안 하겠대요. 할 수가 없대요."

"그게 무슨 말이야···?"

영문을 알 수 없는 일이었습니다. 이대로 그녀와 헤어질 수는 없었습니다. 하지만 아내 역시 정말 대단하더라고요. 집으로 찾아가도, 회사로 찾아가도, 아내인 그녀를 도무지 만날 수가 없었습니다. 정말 꼭꼭 숨어버렸더군요. 그때부터 전 술을 애인 삼아 1년 동안 거의 폐인이 되다시피 살았습니다. 첫사랑은 이루어지지 않는다더니, 저 역시 예외가 아니구나 싶더군요. 그런데 저를 보다 못한 그녀의 친구가 저한테 얘기해주더군요.

"혜진이가 사실, 아이를 가질 수 없대요. 그래서 선배를 보내준 거예요. 사랑하는 사람의 아이를 가질 수 없다는 고통. 그게 선배를 얼마나 힘들게 할지 모를 거라고 말이죠. 선배가 혜진이를 좀 이해해주세요."

그 얘길 들은 저는 맥이 빠졌습니다. 이유가 고작 그거였다니. 그것 때문에 7년간 한 사람만을 바라본 나를 이렇게 비참하게 만들어버리다니. 하지만 전 그런 그녀와 결국 결혼에 골인했습니다. 그리고 어느덧 결혼 5년차 부부가 됐네요. 물론 저희에게 아이는 없습니다. 아이가 없는 게 죄는 아닌데, 아내는 죄책감이 들었나 봐요. 저와 아픈 시어머님 모시고 살면서 남들보다 5배 이상 더 잘했어요. 그게 늘 가슴 아프면서도 고마웠습니다. 어떻게 보면 결혼은 제가 원한 건데, 평생 혼자 살겠다는 아내를 데려와 그 힘겨운 생활 다 감당하며 살게 한 것 같습니다.

그런데, 아내가 어제 그러더군요. 시험관 아기를 해보겠다고 말이에요. 설사 아이가 생기지 않는다고 해도 그런 아내의 마음에 너무 고마울 뿐입니다. 어떤 말로 아내한테 고맙다고 해야 할지요.

여보, 힘내. 난 결혼 전에도, 그리고 지금도, 당신만 있으면 돼. 정말이야. 내 맘 알지? 곁에 있어줘서 늘 고마워.

■ 쉬어가기

영화 <어바웃타임>을 보면 주인공은 과거의 시간으로
돌아갈 수 있는 능력을 갖고 있습니다.

원하는 것을 얻기 위해
과거의 시간으로 돌아갔지만
우여곡절 끝에 주인공은
더 이상 과거로의 시간 여행을 하지 않습니다.

왜냐구요?
결국, 오늘 주어진 나의 하루가 가장 특별한 만큼
이 순간의 이 멋진 여행을 즐기는 것이
최고의 여행이라는 사실을 깨달았거든요.

■ memo

....

....

....

....

....

....

....

....

....

....

....

허락 받는 그날까지

아내 이야기

남편의 안색이 좋지 않습니다. 또 문전박대 당한 모양이지요.

"여보, 그러게 거길 왜 가. 내가 가지 말랬잖아…."

남편은 벌써 몇 개월째 저희 부모님을 찾아뵙고 있습니다. 결혼 허락을 받겠노라며 말입니다. 아무리 남편한테 가지 말라고 말려도 늘 같은 말만 되돌아오네요.

"괜찮아, 난 정말 괜찮아. 당신은 괜찮은 거지?"

올봄에 저는 결혼을 했습니다. 저는 초혼이었지만, 마음 착한 이 남자는 재혼이었죠. 초등학생이 된 아들도 하나 있고요. 제 나이 서른, 결혼하기에도 그리 많은 나이는 아니지만, 저를 금이야 옥이야 키운 부모님은 정말이지 쓰러지기 직전이셨습니다. 게다가 전 외동딸이었으니까요. 하지만 전 이 남자를 포기할 수 없었어요. 결국 부모님 없이 결혼을 했습니다.

얼마 전 명절이었죠. 남편은 부모님이 계시질 않습니다. 그래서 남편한테 더 미안해요. 남편은 늘 저한테 미안하다고 하지만, 부모님 없는 남편에게 부모님의 사랑까지도 받게 해주고 싶었어요. 그게 제 욕심이었나 봅니다.

남편은 저보고 말하네요. 제가 졸지에 고아가 됐다고, 다 자기 책임이라고 말입니다. 전 괜찮은데 말이에요. 언젠가 제가 애를 낳으면, 부모님에게 하나뿐인 손자가 생기면, 그러면 부모님도 달라지시겠지, 하는 조심스런 기대를 하고 있거든요. 남편은 이번 명절에 저희 부모님께 드리지 못한 선물을 장롱에 또 모셔 놨습니다. 어느새 장롱 안은 선물상자들로 차곡차곡 쌓여가고 있네요. 그런데도 여전히 냉담하신 엄마 아빠, 한편으론 밉기도 합니다. 딸이 이토록 사랑하는 남자인데 말이죠. 정말 좋은 사람인데….

여보, 미안해. 그래도 우리 희망 잃지 말자. 당신이 얼마나 착하고 좋은 사람인지, 우리 부모님이 아시게 될 날이 꼭 오리라 난 믿으니까. 미안해요. 그리고 사랑해요. 여보.

남편 이야기

아내와의 재혼은 제가 이혼한 지 5년 만에 내린 결정이었습니다. 어려운 결정이었죠. 제겐 초등학생이 된 아들이 있거든요. 아내는 아들의 방문 학습 교사였습니다. 좋아하던 선생님이 엄마가 되었으니, 아들은 좋은 모양입니다. 요즘 표정이 무척 밝아졌습니다. 방문한 지 이 년쯤 되던 날, 너무 잘 돌봐주신 일에 감사했어요. 그래서 제가 식사 한 끼 대접했습니다. 그날 저를 향한 아내의 마음을 알게 됐죠. 사실 아내에게 제가 먼저 마음을 연 건 아니었습니다. 아내가 먼저였지요. 아직 좋은 기회가 많은, 아니, 정말 시집 잘 갈 수 있는 아내의 앞길을 제가 감히 어떻게 막겠습니까. 하지만 아내에게 끌리는 마음은 저 역시 붙잡을 길이 없었습니다. 우리의 사이는 발전했고, 결국 결혼을 하게 됐죠. 저는 사랑스런 아내를 얻었고, 아내는 배 한 번 아프지 않고 아들을 얻었습니다. 하지만 대신 아내는 부모와 연락을 할 수 없게 됐습니다. 그런데도 아내는 늘 밝은 모습으로 저와 아들한테 잘해줍니다. 자기가 낳은 아들도 아닌데요. 정말 친자식처럼 얼마나 예뻐하는지. 저라도 쉽지 않을 것 같은데 말이죠. 그런 아내가 얼마나 고마운지 모릅니다. 제가 무슨 복이 있는 건지요. 꿈인가 생시인가 싶을 정도니까요.

얼마 전 결혼하고 첫 명절이었지요. 우리 둘을 인정해주실 때까지, 아니 허락받을 때까지 제가 가겠노라고 했습니다. 하지만 아내는 자긴 괜찮다고 하네요. 자긴 저와 준석이만 있으면 된다고, 저를 한사코 말리더군요. 이번에도 역시나 문전박대 당하고 집에 돌아온 길이었습니다. 집에 돌아오니 차례 상이 차려져 있더라고요. 아내가 저희 부모님 차례 상을 준비한 겁니다. 고맙고 한편으론 미안했습니다.

"여보, 이걸 혼자서 다 준비한 거야?"

"별거 없는데 뭐, 자기 부모님이 좋아하실까? 내가 처음 차려본 거라서…."

하늘에서 저희 부모님이 이 모습을 보고 계실까요. 이 마음씨 고운 아내 덕에 5년 만에 이런 상을 받아보시네요. 이런 아내를 제가 어찌 사랑하지 않을 수 있을까요, 아내에게 너무 고마워요. 고마워서라도, 꼭 장인 장모님한테 인정받을 겁니다. 그런 날이 꼭, 오겠죠…?

■ 쉬어가기

방송인 이상민이 엄청난 채무를
갚아나가고 회복해나가면서 빚의 아이콘에서
빛의 아이콘이 됐잖아요?

그가 남긴 어록 중의 하나입니다.

힘들 때 우는 자는 3류고
힘들 때 참는 자는 2류고
힘들 때 웃는 자가 1류다.

■ memo

··

··

··

··

··

··

··

··

··

··

··

3부

치유

가족에게 진 빚

아내 이야기

작년에 찜질방에 갔다가, 처음으로 도박에 손을 댔습니다. 평소 알고 지내던 사람들이 찜질방 한구석에 모여 앉아 도박판을 벌이고 있는 모습을 본 거지요. 호기심이 생긴 저는 무리에 다가갔습니다.

"은정 엄마, 여기서 뭐해?"

"그냥 재미로 하는 거지. 자기도 낄래?"

저 역시 자연스레 무리에 합류하게 됐습니다. 그때까지만 해도 그저 재미로 하는 게임에 지나지 않았어요. 그냥 푼돈을 건 고스톱 정도였죠. 그래요. 생전 처음 맛보는 재미에 들려 정말 시간 가는 줄을 몰랐습니다. 그저 백 원, 천 원씩 걸고 하는 일이니 딱히 위험하단 생각도 들지 않았고요.

하지만 금액은 점점 불어났습니다. 한순간이었어요. 백 원이

천 원짜리가 됐고, 천원이 곧 만 원짜리가 되더군요. 사람들과 어울리는 재미도 쏠쏠했습니다.

"그래…, 재미로 해도 이 정도는 돼야 따는 재미가 있지."

"그러네, 그러네. 오냐, 오늘 옷 한 벌 사 입어보자~!"

판은 점점 커졌습니다. 소위 고스톱 좀 친다는 아줌마들을 찾아 결국 원정 고스톱까지 가게 됐죠. 물론, 남편에겐 비밀이었습니다.

"여보, 나 친구들이랑 2박 3일로 온천 좀 다녀와도 되지?"

"그래. 그렇게 해~ 애들도 다 컸는데 당신도 이제 좀 쉬어야지…."

제가 고스톱을 할 거란 생각은 꿈에도 하지 못한 남편. 그런 남편은 저의 새빨간 거짓말에 속았습니다. 이후로 제가 가는 곳은 언제나 고스톱이 있는 곳이었습니다. 재미로 시작한 판돈은 점점 커졌습니다. 돈이 떨어지면서 한 푼 두 푼 빌리다 보니 어느새 빚도 불어났습니다. 빚은 급기야 감당할 수 없을 정도로 불어났고, 그때에야 비로소 정신이 들더군요. 후회한 거죠. 저의 두 손이 원망스러웠습니다. 그렇게 뒤늦게야 후회했을 때, 제겐 이미 오천만 원이라는 큰 빚이 쌓여있었습니다. 협박전화가 하나둘 걸려오기 시작했고…, 남편도 결국 이 사실을 알아채고 말았습니다. 더는 숨길 수가 없었어요.

하지만 남편은 저를 버리지 않더군요. 제게 남은 건 이혼뿐이라고 생각했는데 말입니다. 남편은 얼마 전 저를 위해 집을 팔고, 이사를 했습니다. 오히려 자기 때문에 생긴 일이라며 저를 감싸 안아준 남편. 저는 차마 미안하단 말로도 용서받을 수 없는 엄청난 일을 저질렀는데, 남편은 그런 저를 용서해줬어요. 빚의 구렁텅이에서 건져내 준 남편이었습니다. 헌데, 전 남편에게 고맙다는 말조차 하질 못했네요. 아직도 남편과 서먹서먹합니다. 남편이 아무리 자기 탓이라고 해도요. 그래도 전 남편 눈을 똑바로 쳐다볼 수가 없네요. 제가 왜 그런 짓을 했을까요? 후회스럽습니다.

이제야 다짐합니다. 죄를 씻는 마음으로 살겠다고, 남편과 아이들에게도 더 잘할 거라고 말이죠. 가족에게도 빚을 진 셈이죠. 남편과 딸아이 둘, 가족은 제게 진짜 용서와 사랑이 무엇인지 가르쳐주었습니다. 진심으로 고마워요 여보.

남편 이야기

아내가 도박에 손을 댔습니다. 얌전한 아내가 그런 짓을 했다는 게 믿어지지 않네요. 전 아내를 잘 압니다. 아내가 원해서 시작한 게 아닐 거예요. 하지만 무리 속에 끼게 된 아내는 자기도 모르게 걷잡을 수 없는 늪에 빠져버리고 말았겠지요.

믿을 수 없었습니다. 아내가 도박이라니요. TV뉴스에나 나올 법한 일이었습니다. 다른 아내가 다 그래도 제 아내만은 그럴 리 없다고 생각했습니다. 하지만 그게 현실이었네요. 우리에게 일어난 일이었습니다. 아내 얼굴이 보고 싶지 않았어요. 이혼 서류부터 챙겼습니다. 그리고 제 도장을 찍었죠. 다음 날 일어나보니 아내 역시 선명하게 도장을 찍어놓고 짐을 꾸리고 있더군요. 그런 아내를 향해 다짜고짜 소리쳤습니다.

"당신이 어떻게, 어떻게 이럴 수가 있어! 어?! 뭐라고 말 좀 해봐! 미안하다고 하든지, 돈을 갚아달라고 하든지, 뭐라고 말 좀 해보라고!"

아내는 짐을 꾸리다 말고 문득 눈물을 흘리기 시작합니다. 잘못했다고, 자길 용서하지 말라면서 하염없이 눈물만 흘리네요. 그런데 바로 순간 그런 생각이 들더군요. 아내를 저렇게 만든 건 어쩌면 내 탓일지도 모르겠다는 생각이요.

툭하면 지방으로 출장 가는 남편, 아내는 늘 혼자였습니다. 두 아이 뒷바라지에 정신이 없다지만 이미 대학생과 고등학생이 되어버린 두 딸아이. 아이들은 자기 앞가림들 하는 나이니까요. 그러니 어쩌면 아내는 오랫동안 아이들만 챙기다가 자기가 뭘 해야 하는지를 잊어버린 게 아닐까요. 갑자기 생겨난 자신만의 시간을 과연 무엇으로 채워야 할지, 몰랐던 게 아닐까요. 자신이 무얼 하고 싶은지, 자신을 위해 어떻게 살아야 하는지 잊어버린 채 살아온 게 아닌지…. 아내가 도박에 빠진 건 어쩌면 그것 때문인지도 모르겠습니다. 제가 조금만 관심을 줬더라면 벌어지지 않을 일이었을지도 몰라요. 그러니 이 일을 그저 아내만의 책임으로 돌리기엔 너무 가혹한 건 아닌지, 하는 생각이 들었습니다.

　매일 울다시피 하는 아내. 그런 아내에게 제가 더 미안합니다. 이혼이라니요. 20년이나 살을 맞대고 산 우린데…. 갑자기 정신이 번쩍 듭니다. 이렇게 가정을 깰 수는 없습니다. 아내 덕분에 제 자신을 돌아보게 됐습니다.

　여보, 빚은 어떻게든 갚아봅시다. 당신을 혼자 둔 내 잘못이요. 미안해요, 여보.

■ 쉬어가기

우리는 흔히 부부를 두고 이렇게 비유해요.

한 배를 타고 떠나는 항해사들이라고요.

때론 잔잔한 바람 사이로

고요한 파도를 지나기도 하고

거친 풍랑을 만나

배가 부서질 수 있는 위험과 맞닥뜨리기도 하지만

끝까지 무사히 항구까지 도착한다는 것,

이쯤 되면

지금 곁에 있는 사람과 얼마나

의미 있는 항해를 함께하고 있는 건지 짐작되시죠?

■ memo

....
....
....
....
....
....
....
....
....
....
....
....

눈물의 웨딩드레스

남편 이야기

아내와 산 지 올해로 꼭 10년이 됐습니다. 아내는 수선집을 하고 있어요. 아내의 꿈은 사실 의상디자이너였거든요. 하지만 부모님을 일찍 여의고 동생들 뒷바라지하느라 정작 본인의 꿈은 뒷전이 되고 말았습니다. 헌데 아내는 원래 재능이 있는 건지 누가 가르쳐주지도 않았는데 단순한 바느질법부터 수놓는 법까지 미싱으로 하는 거라면 못 하는 게 없습니다. 그런 아내의 기술이 아까웠죠. 그래서 저는 3년간 모은 돈으로 주택가 골목에 조그만 수선집을 내줬습니다. 아내도 뛸 듯이 기뻐했답니다. 사실 남들은 막상 결혼하면 아내한테 해주는 게 없다고 하잖아요. 헌데 전 결혼할 때부터 해준 게 없습니다.

그러니 수선집은 아내에게 해주는 최초의 선물이었어요. 아내와 전 결혼식을 올리지 못했거든요. 저 역시 부모님이 일찍 돌아가셨기 때문에 그땐 결혼식을 올릴 필요성을 느끼지 못했습니다.

그런데 얼마 전 아내가 혼자 웬 사진을 보더니 눈물을 흘리더라고요. '장모님 기일이신가…?' 그저 대수롭지 않게 생각했는데 아내가 방에서 나간 후 슬쩍 꺼내 봤더니, 그 사진은 여동생의 웨딩사진이었습니다.

여자라면 꼭 한번 입어보고 싶어 한다는 웨딩드레스. 그 웨딩드레스를 저는 10년간이나 입혀주질 못했습니다. 조금만 신경 쓰면 될 것을… 저처럼 부족한 남편 만나서 웨딩드레스조차 입어보지 못하고. 아내한테 너무 미안합니다.

이젠 저도 아내가 새하얀 웨딩드레스를 입고 활짝 웃는 모습을 보고 싶네요.

아내 이야기

"여보, 올해가 우리 결혼 10주년인 거 알아?"

"어, 알아."

"당신 뭐 하고 싶은 거 없어?"

"글쎄, 먹고 살기도 바쁜데 결혼 10주년이 뭐 대수라고…."

남편이 갑작스레 결혼 10주년이라고 하니 좀 어색하더라고요. 사실 결혼식도 올리지 않고 같이 살면서 처음부터 부부라기보다는 가족 같고, 형제 같은 사람이 바로 제 남편이거든요. 그래서 같이 산 날을 저희는 그냥 결혼한 날로 생각하면서 살았습니다. 그런데 바로 어제, 저로서는 생각지도 못한 일이 일어났습니다. 며칠 전부터 평일인데도 수선 집을 닫아야 한다고 남편이 난리더라고요. 이유도 없이 다짜고짜 문을 닫고 남편이 따라나서라고 하더라고요. 어쩔 수 없이 따라나섰습니다.

"웬 사진관? 여긴 왜 온 거야? 뜬금없이?"

"들어와 보면 알아. 뭐해 안 들어오고."

도대체 사진관은 왜 온 걸까요? 그런데 들어가자 남편이 손에 하얀 웨딩드레스를 들고 서 있습니다.

"당신, 이거 입고 싶었지? 입어봐…. 당신 얼굴이 하얘서 정말 고울 거야…."

"여보…."

"오늘이 우리 결혼기념일이잖아. 이렇게밖에 못해줘서 미안해 여보."

왜 이렇게 눈물이 나는 걸까요. 제가 웨딩드레스를 입어보지 못했다는 사실도 잊고 살았습니다. 그래요… 그러면서도 한번쯤 입고 싶었어요. 그저 울고 있는 저를 남편은 꼭 안아줬습니다.

"이러다 눈 붓겠다. 사진 잘 안 나오겠네~ 그만 울어."

너무 행복한 날이었습니다.

"여보, 너무 고마워. 나한테도 이제 웨딩드레스 사진이 생기네."

앨범을 기다리는 하루하루가 너무 설렙니다. 평생 가보로 간직해야겠어요.

■ 쉬어가기

사랑하는 사람의 작은 슬픔을
기쁨으로 만들어 주는 것.
더할 나위 없이 행복한 순간이 됩니다.

'금' 중에 가장 귀한 '금'이 뭔지 아세요?

사랑하는 사람에게
"사랑해"라고 말 한마디라도 건넬 수 있는
바로 지금입니다.

■ memo

....

....

....

....

....

....

....

....

....

....

....

인생은 마라톤

딸 이야기

저는 이제 갓 고등학생이 된 여학생입니다. 엄마아빠 앞에선 정말 온갖 선한 척을 하고 믿음을 강하게 보여줬지요. 그 덕에 부모님은 제가 엄청 착하고 순진한 아이인 줄만 알고 계셨습니다. 저도 그걸 느끼고 있었지요. 하지만 전 초등학교 때부터 부모님 지갑에 손을 대곤 했습니다. 그저 군것질을 하고 싶은 마음에서요. 언니의 저금통에 있는 돈도 조금씩 빼서 썼지요. 3학년이 됐을 땐, 아빠 지갑에 손을 대서 만 원짜리 한 장 한 장을 말도 없이 빼서 썼습니다.

아빠는 그걸 알고 계셨어요. 그럼에도 모른 척해주시곤 했는데, 설사 그 모습을 보더라도 화는커녕 "그러지 마라"라는 말씀 한마디로 끝내시는 분이었습니다. 그래서 저는 그런 일을 대수롭지 않게 생각했습니다.

중학생이 돼서는 4~5번이나 가출을 했습니다. 친구들과 어울리기 시작하면서 말이에요. 한참 외모에 관심 많은 나이다 보니 옷에도 관심이 많아지고, 화장품 등에도 민감해지는 나이가 되자 저는 주체할 수 없는 문제아가 되어버렸습니다.

그런데 어느새 제가 고등학생이 되어있더라고요. 친구들이 대학을 간대요. 정신을 차려보니 제게 남은 건 아무것도 없었습니다. 이미 학교에 갈 수 있는 상황도 아니었으니까요. 그때 저를 위해 눈물로 기도하시는 엄마의 모습을 보면서 그제야 아차 싶었습니다. 사고만 치는 저를 예뻐할 리 없다고 생각했는데 말이에요. 전 미처 몰랐어요. 엄마가 저를 위해 밤낮으로 기도하고 계셨다는 사실을 말이에요. 엄마를 마음고생 시킨 걸 생각하면 너무 죄송해서 엄마 얼굴을 차마 제대로 볼 수가 없네요.

엄마! 나 이제라도 검정고시를 준비해볼까 해. 엄마에게 문제아 딸이 아닌 자랑스런 딸로 돌아오고 싶어. 나 꼭 그럴게. 엄마한테 약속할게. 미안해요, 엄마.

엄마 이야기

딸 둘에 아들 하나, 늘 1등만 하는 첫째 딸에 비해 둘째는 상대적으로 문제아였습니다. 막내아들도 축구를 잘하거든요. 첫째와 막내, 그 둘의 뒷바라지를 위해 이곳저곳 쫓아다니는 동안 정작 문제아로 낙인찍힌 둘째를 잘 챙기지 못했습니다.

학교 선생님과 면담을 했더니 그렇게 말씀하시네요. 우리 선영이가 둘째라서 언니한테 치이고, 막내한테 치이고, 모든 둘째가 다 그런 건 아니겠지만 피해의식이 많은 것 같다고요.

선영인 또래 친구들과 어울려 다니며 가출을 했어요. 그러다가 결국 학교도 가지 못하게 됐습니다. 학교에 가지 못하자 선영인 또 가출을 했죠. 저는 기다렸습니다. 선영이가 하루빨리 별 탈 없이 돌아오길 말이에요. 그리고 그 소원이 마침내 올해 이루어졌습니다. 화장대 위에 남겨놓은 선영이의 쪽지를 보니 그렇게 씌어있더군요. 제게 검정고시 문제집을 사달라고 말이에요. 꿈만 같아서 눈물이 왈칵 쏟아졌습니다. 제 볼을 찰싹 때려보기도 했는데 꿈은 아니더라고요. 헌데 아직도 선영인 저와 눈을 잘 마주치지 못합니다. 자신이 해왔던 행동이 너무 부끄럽다는 생각 탓이겠죠. 내 딸 선영이, 비록 잃은 것도 많지만, 그만큼 분명 더 많은 걸 배웠을 거라고 생각합니다. 비록 부모님 지갑까지 손댔던 철부지였지만, 요즘은 왠지 선영이가 부쩍 커버린 느낌이에요.

검정고시에 합격하면 대입시험에 도전하겠다는 기특한 내 딸 선영아⋯. 네 살길 찾겠다며 공부하겠다는 네가 얼마나 고마운지 몰라. 우리 딸, 비록 돌고 돌아서 여기까지 왔지만 그만큼 더 잘 해내리라 믿는다. 우리 가족 모두가 너를 응원한다. 힘든 시기 이 겨내 준 내 딸, 고맙다.

■ 쉬어가기

학교 다닐 때,

각 학급에 문제아 같은 친구가 꼭 한 명쯤 있었죠.

그런 친구를 두고 선생님들은 이렇게 말했어요.

'너, 커서 뭐가 되려고 그러느냐?'

이런 식의 훈계를 늘어놓는 장면 본 적 있을 거예요.

그런데 그 애가 꼭 나쁘게 되는 것만은 아니에요.

학교 다닐 때 문제아였는데 승무원 된 친구도 봤고요.

학교 다닐 때 공부는 참 못했는데,

연예인 돼서 돈 많이 버는 친구도 봤고요.

공부는 중간쯤 했지만 사업 잘해서 돈 잘 버는 동창도

봤습니다.

인생은 마라톤,

끝까지 달려봐야 아는 거 아니겠어요?

■ memo

뒤늦게야 깨달은 사랑

엄마 이야기

그놈의 아들이 뭔지요. 나이 마흔 넷에 아들을 얻었습니다. 저는 위로 딸만 넷입니다. 1남 4녀 중의 막내이자 제겐 늦둥이인 셈이죠. 그저 아들을 낳았다는 사실 하나만으로 한없이 기뻤답니다. 헌데 딸만 넷 낳은 한은 풀었지만, 늦둥이 아들을 생각하면 미안한 마음뿐입니다.

늦둥이 아들은 어느덧 17살. 하지만 전 환갑을 넘어버렸네요. 이제 고등학교를 졸업하면 대학도 가야 하고, 군대도 가야 하는데, 과연 우리 아들 뒷바라지나 제대로 하고 죽을 수나 있을지, 생각하면 가슴이 먹먹해집니다.

누나들은 말합니다. 하나밖에 없는 남동생이니 우리가 잘 돌보겠다고요. 하지만 저는 늘 마음이 편치 않네요.

"엄마는 왜 이렇게 날 늦게 낳았어? 조금만 일찍 낳아주지…."

아들은 농담인지 진담인지 모를 한마디를 툭 던집니다. 이 한 마디에 처음으로 후회란 걸 해봤습니다. 내가 그때 안 낳았다면, 하고 말이죠. 그저 내 욕심 채우자고 낳아놓곤, 저는 막상 아들에게 해준 게 아무것도 없습니다.

저녁 8시만 넘으면 왜 그렇게 잠이 쏟아지는지요. 아침잠은 점점 없어지는데, 초저녁부터 몰려오는 잠 때문에 밤늦게까지 공부하는 아들한테 간식 한번 제대로 만들어주지 못했습니다. 하지만 가장 미안할 일이 있습니다. 우리 아들이 결혼하는 모습을 어쩌면 저는 보지 못할 수도 있다는 겁니다. 아니, 못 볼 가능성이 100퍼센트겠죠…. 세상이 좋아져서 평균수명도 길어졌다고 하니, 혹시 볼 수 있을까요? 그래도 우리 아들이 서른만 되도 제 나이 일흔 넷이니…. 아들이 서른에 결혼을 할까요? 안 하겠죠? 결혼 하는 건 본다고 한들, 하나뿐인 손주는 보지 못하겠죠? 우리 아들이 결혼해서 사는 동안 곁에서 든든한 버팀목조차 되어줄 수 없다는 사실이 제 마음을 참 쓰리게 하네요.

이런 미안한 마음으로 17년을 키웠습니다. 책상에서 공부하다가 잠든 아들의 머리를 오랜만에 쓰다듬어봅니다.

아들아, 늦게 낳아서 미안하다. 그래서 더 많은 걸 해주지 못하니 더 미안하다. 하나뿐인 내 아들 용준이. 너한텐 늘 미안한 마음뿐이구나….

아들 이야기

어렸을 땐 그랬습니다. 또래 친구들 부모님보다 나이가 훨씬 들어 보이는 엄마가 못마땅했던 적이 있습니다.

"야! 이용준! 네 할머니 오셨어!"

'난 할머니 없는데, 누구지?'

할머니가 찾아왔단 소리에 나가보면 항상 엄마가 서 계셨습니다. 준비물을 깜빡 잊고 집에 두고 간 날이면 반드시 학교까지 가져다주셨던 엄마. 제게 엄마는 다른 친구들처럼 똑같이 엄마일 뿐인데…. 다른 친구들 눈엔 할머니로 보이는 모양입니다.

그때부터 전 엄마가 학교에 오시는 걸 창피해했습니다. 하지만 엄마는 그 반대였습니다. 저를 늘 데리고 다니면서, "우리 용준이 막내아들…" 하면서 자랑하고 다니셨거든요. 그럴 때마다 쥐구멍에 숨고 싶었습니다.

얼마 전, 우리 반 친구의 어머니가 갑자기 세상을 떠나셨어요. 빗길 교통사고였다고요. 친구의 얼굴에 드리운 그늘은 한 달이 지나도록 가시질 않더군요. 시험성적까지 떨어지는 그 친구를 지켜보고 있자니, 안쓰러웠습니다. 동시에 문득 엄마 생각이 나더군요. 손자 볼 연세에 다른 엄마들처럼 똑같이 해주려고 애쓰는 엄마. 그런 엄마에게 감사하다는 생각이 그제야 들더라고요.

엄마가 곁에 계시는 것만으로도 제겐 큰 축복입니다. 그동안 저는 엄마를 부끄러워했습니다. 그저 나를 늦게 낳았다는 이유로, 엄마가 늙었다는 이유만으로 말이죠. 전 아들 자격도 없는 것 같아요. 그런 엄마에게 키워주셔서 감사하다는 말 한마디 못했네요.

사랑하는 엄마, 엄마와 지금 함께할 수 있는 하루하루가 얼마나 소중한데요. 엄마가 가끔 밤늦게 운동하시는 모습을 봅니다. 큰누나가 그러더군요. 운동이라도 하면 조금 더 젊어지지 않을까, 하는 마음으로 운동하신대요. 그게 바로 엄마가 달밤에 체조하는 이유라고요.

엄마, 지금도 충분합니다. 엄마가 노력하는 만큼 저 역시 열심히 공부할게요. 그게 엄마한테 보답하는 길일 테니까요. 그리고 엄마, 건강하게 오래 오래 사세요. 고마워요. 사랑해요.

■ 쉬어가기

항상 내 옆에 있던 사람이
어느 날 갑자기 없어진다는 것, 혹시 생각해보셨나요?

다들 잘 아는 사실이에요.
곁에 있을 때에는 소중함을 잘 모른다는 것 말이에요.
잠깐만 숨을 참아도,
공기가 중요한 걸 알 수 있지만
사실 평소에 우리는 잘 못느끼잖아요.

사람도 마찬가지예요.
소중한 사람이라는 걸 다 알면서도,
항상 곁에 있다 보면 편해진 마음에 함부로 대하곤 하죠.

지금 항상 나와 함께 해주는 나의 가장 가까운 사람들,
너무 가까워서 오히려
배려 있는 행동들이 더 오글거린다고 느껴지기도 하는

그 사람들. 그들에게 오늘만큼은 친근하게 대하는 게 어떨까요?

돌고 도는 게 인생

시어머니 이야기

제겐 아들이 셋 있습니다. 그중 저는 막내며느리와 함께 살고 있지요. 그런데 우리 막내며느리와 저는 참 사연이 많습니다.

사실 막내며느리와 아들이 결혼할 때 제가 심하게 반대를 했었어요. 왜냐하면, 며늘애는 어렸을 때 소아마비를 앓아서 다리 한쪽을 절름거리거든요. 그래도 일상생활에는 지장이 전혀 없는데, 그땐 그게 참 싫었더랬습니다. 게다가 편부 밑에서 자란 것도 마음에 들지 않았죠.

저희 집이 특별히 가진 게 많은 것도, 아들이 특별히 잘난 것도 아닌데 말입니다. 그래도 제 눈에는 세상에서 제일 멋지고 잘난 아들이었으니까요. 하지만 아들은 며늘애와의 결혼을 끝까지 고집했고, 결국 전 승낙을 할 수밖에 없었습니다. 승낙은 했지만 며늘애의 시집살이는 그때부터 시작이었죠. 일주일에 한 번씩 시집에 와서 제 입에 맞지 않는 국이며 반찬을 상에 올려놓을 때마다 저한테 잘 보이겠다고 애써 '어머님' 하며 말을 붙일 때마다 전 톡톡 쏘아붙였습니다. 그렇게 5년이 흘렀고, 남편과 저도 이별을 하게 됐죠. 그리고 1년 전부터 관절염으로 고생하던 저를 거둔 사람이 공교롭게도 바로 막내 며늘애였습니다.

교사인 첫째와 둘째는 학교생활이 바빠서 저를 제대로 신경 쓰지 못할 것 같다는 게 이유였어요. 장남인 아들이 펄쩍 뛰었지만 결국엔 막내 며늘애 편을 들더군요. 막내며늘애보다 더 신경써주고 황혼육아까지 하며 저 나름대로 예뻐했다고 생각했는데, 먼 곳에서 제일 먼저 달려왔던 건 다름 아닌 막내 며늘애였습니다.

매일같이 다리를 주물러주면서 제게 성심을 다하는 우리 막내 며늘애. 정인아, 네가 없었다면 나는 어쩔 뻔했니. 그래서 너한테 한없이 미안한 마음뿐이구나. 이 못난 시애미…. 용서해 줄 수 있겠니…. 미안하다. 우리 막내며느리.

막내며느리 이야기

　결혼만 하면 시어머니와의 관계도 좋아질 줄 알았습니다. 남편을 너무 사랑했어요. 하지만 남편과 어머님과의 관계를 위해서 이 결혼을 포기할까, 하는 생각도 했었죠. 헌데 그럴 때마다 보잘 것 없는 저를 잡아준 게 바로 남편이었습니다.

　그래서 다짐했죠. 결혼하면 반드시 어머님에게 사랑받는 며느리가 되리라고요. 하지만 생각만큼 쉽진 않았어요. 명절 때마다 형님들이 늦게 오는 바람에 저 혼자 음식 장만을 다 해도, 일주일에 한 번씩 남편과 시댁에 가서 집안일을 거들어도, 어머님은 제게 쉽사리 마음을 열지 않으셨으니까요.

　그러던 어느 날, 어머님이 마음의 문을 여는 놀라운 일이 벌어졌습니다. 아버님이 돌아가시고 어머님이 홀로 남으신 거예요. 다들 어머님을 모시겠다고 할 줄 알았거든요. 근데 웬걸, 큰아주버님마저도 형님의 기세에 눌려 어머님이 외톨이 신세가 되어버린 겁니다.

　너무 화가 났습니다. 어머님이 아들들을 어떻게 키우셨는데…. 더군다나 관절염을 심하게 앓으시니 병원에도 자주 가셔야 하는데 말이에요. 그런 어머님을 모두 외면하다니.

　어머니 없이 자란 저였어요. 그랬기에, 어머님을 모실 수 있다는 사실만으로도 얼마나 행복했는지 몰라요. 하지만 어머님은 저희 집에 오신 후로 말수가 많이 적어지셨습니다. 그리고 제가 다리를 주물러 드릴 때마다 기운 없는 말투로 말씀하셨어요. '미안하다 어미야…' 하고 말이에요.

어머니, 그런데 말이에요. 이제야 전 어머님의 며느리가 된 것 같아요. 어머님이 절 진정한 며느리로 생각하시는 것 같아서 얼마나 감사한지 모릅니다. 덕분에 남편의 얼굴도 밝아졌어요. 저는 어머님뿐만 아니라 새엄마가 생긴 것 같아요. 그래서 얼마나 기쁜지 모릅니다.

어머니, 저 앞으로 더 잘할게요…. 어머니한테 정말 예쁜 며느리가 될게요. 대신 어머님 건강하게 오래오래 사세요. 고마워요 어머님.

■ 쉬어가기

인생을 오래 산 건 아니지만
영원한 갑도,
영원한 을도 없더라고요.

그러니 내가 당장 갑이라고 너무 갑질하지도 말고
을이라고 너무 속상해할 필요도 없어요.

결국 갑도, 을도
협력해야 선을 이룰 수 있으니까요.

■ memo

....

....

....

....

....

....

....

....

....

....

....

워킹맘의 마음

엄마 이야기

이제 얼마 후면 곧 중학생이 되는 아들의 방학도 끝이 납니다. 여름방학이 다가오면 아들에게 한없이 미안해집니다. 맞벌이 부부인지라 저녁때나 돼서야 돌아오니, 아들을 챙긴다는 게 버겁거든요. 그러다 보니 전업주부인 엄마들이 얼마나 부러운지 모릅니다. 조금 있으면 이 방학을 잘 넘기나 싶었는데 결국 사건이 터졌지요.

"엄마, 목요일날 체험학습 갈 수 있어?"

"무슨 체험학습?"

"뮤지컬 보는 건데, 나 이 뮤지컬 꼭 보고 싶은데 주말표는 다 매진이야. 엄마, 못 가지?"

"평일이면 엄마 힘들지. 월차를 쓰든가 연가를 쓰든가 해야 하는데, 그게 좀…. 휴가 다녀온 지도 얼마 안 됐구."

"알았어. 그럼 어쩔 수 없지 뭐…."

금방 토라져서 가는 아들에게 얼른 달려가서 이렇게 말하고 싶었습니다.

"아니야 태욱아, 엄마가 같이 가줄게."

라고 말이죠. 그런데 이번에도 아들에게 실망만 안겨줬네요. 아니, 아들은 엄마한테 거절당할 걸 뻔히 알면서도 혹시나 하고 제게 물어봤던 것 같습니다. 그런데 역시나, 저는 늘 그렇듯이 거절하고 만 거죠. 잠자리에 들면서도 아들의 뒷모습이 머릿속에서 떠나지 않더라고요. 풀이 죽어 방으로 들어간 아들의 뒷모습 말이에요. 그렇게 전 고민만 하다가 결국 날이 새고 말았습니다.

헌데 아침에 쓰레기통을 보니 그 뮤지컬 표가 떡하니 버려져 있는 겁니다. 예매를 한 건 아닌 줄 알았는데 태욱인 표까지 다 구입해놓았던 거예요. 아마 마음 한 켠에선 엄마가 시간을 내주리라 믿고 있었나 봐요. 하나뿐인 아들의 부탁이었는데, 방학이라고 해준 것도 별로 없는데, 아들한테 어찌나 미안하던지요.

아들아, 엄마 마음은 항상 우리 아들 곁에 있단다. 너를 위한 맞벌이라고는 하지만 정작 이게 너를 위한 건지는 모르겠구나. 너한테 실망시킨 게 미안해서라도 엄마가 꼭 시간 내볼게. 미안하다. 내 아들….

아들 이야기

방학이 되면 낮에도 집에서 엄마가 간식을 챙겨주시는 친구들이 제일 부럽습니다. 주말이고 평일이고 상관없이 부모님과 전국일주하는 친구는 더더욱 부럽고요.

그래서 엄마와 함께 뮤지컬이라도 보고 싶었습니다. 이미 몇 달 전부터 엄마한테 보고 싶다고, 같이 보자고 졸랐던 그 뮤지컬이었어요. 그런데 엄마한테 저는 또 거절당하고 말았습니다. 사실 전 엄마가 어느 정도 거절할 거라는 걸 알고 있었습니다. 헌데 제 마음도 참 이상합니다. 90퍼센트 가까이 예상했던 게 엄마의 거절이었는데, 10퍼센트의 가능성에 더 기대를 하고 미련을 가졌던 거니까요. 헌데 10퍼센트의 가능성이 놀라운 기적을 만들어냈습니다. 엄마가 월차를 내신 겁니다.

초등학교 6학년, 친구들과도 갈 수 있는 나이이긴 하죠. 하지만 저는 다른 친구들처럼 엄마랑 가고 싶은 욕심에, 일하는 엄마에게 투정을 부렸는데, 엄마가 이번만큼은 제 투정을 받아주셨습니다. 평일에 엄마와 전철을 함께 타고 함께 아이스크림을 먹고 뮤지컬을 보고 거리를 걸어 다닌 게 얼마 만인지 모르겠습니다.

늘 바쁜 엄마에게 서운해하기만 했는데 말이죠. 엄마가 정말 내 생각을 하긴 하는 건가, 괜한 억지도 부렸었는데. 엄마한테 너무 감사합니다.

개학하고 학교에 가면 저도 친구들한테 엄마랑 함께 뮤지컬을 봤다고 자랑할 수 있을 것 같아요.

엄마, 저 때문에 월차까지 내시고, 너무 감사했어요. 역시 우리 엄마가 최고예요~! 고마워요 엄마.

■ 쉬어가기

머나먼 미래를 내다보느라
정작 가까이에 있는 건 놓쳐버리고 살아온 건 아닌가,
싶을 때가 있어요.

앞만 보고 달리다가 지칠 때,
숨이 찰 때,
문득 주위를 둘러보세요.
든든한 응원군, 소중한 것은 늘 가까이에 있답니다.

■ memo

....

....

....

....

....

....

....

....

....

....

....

마음만은 누구보다 잘 통해요

남편 이야기

작년에 일명 베트남 신부와 결혼을 했습니다. 농촌에서 나름 열심히 산다고 생각했는데, 어영부영 시간만 보내다가 제 나이는 어느새 불혹이 되고 말았습니다. 아내 나이는 스물넷입니다. 그러니 어떻게 보면 제가 도둑놈이죠. 꽃다운 청춘인 아내와 결혼한 지는 꼭 일 년이 됐습니다. 그런데 아내에게 우울증이 찾아오고 말았네요. 마을회관에서 이웃 외국인 신부들과 같이 한국어 배우기를 시작했거든요. 그래서 더듬더듬 한국말도 하기 시작했는데, 이젠 아내와 제법 대화도 잘 되는데…이상하게도 아내 얼굴이 밝지 않네요.

"여보, 여기 생활이 많이 지루한가?"

"아니, 나 지루 안 해. 괜찮아…."

어설픈 한국어로 괜찮다고 하지만 아내의 목소리가 좋지를 않습니다. 그런데 자꾸 보채는 남편한테 착한 아내는 더 이상 속이지 못하고 얘길 하더군요. 아내는 얼마 전 임신을 했었고…. 유산을 했다는 겁니다.

"당신 왜 임신 사실을 말하지 않았어!"

제가 화를 내자 아내는 울음부터 터트리네요. 자신도 몰랐다는 겁니다. 제가 아이를 기다리는 걸 알고 있었던 터라 누구보다도 힘들었던 건 어쩌면 본인이었을 테니까요. 그래선지 아내보다 제 자신이 더 밉더라고요. 먼 이국땅으로, 그것도 나이 많은 농촌 총각에게 시집와서 말도 제대로 통하지 않고…. 피가 비친 후에서야 임신이라는 걸 알았을 테고 말이죠. 정확한 사실을 채 알기도 전에 아내는 아이를 잃은 것일 테니까요.

그러고 보니 아내는 결혼 이후로 더 말랐습니다. 적응하는 게 힘들었던 것인지도 모르겠습니다. 저도 나름대로 아내를 신경 쓰고 챙겨준다고 생각했는데, 그게 아니었나 봐요. 미역국이라도 끓여서 먹여야겠습니다. 여보, 내가 더 세심히 챙기지 못해서 미안해요. 정말 미안해.

베트남 아내 이야기

주변에서 좋지 않은 소리가 들립니다. 한국 남자랑 결혼하면 오히려 고생이라느니, 농촌에서만 산다느니, 남편들이 바람을 잘 핀다느니, 하는 소리 말이죠.

바로 그쯤에 만난 게 남편이었습니다. 남편이 결혼을 하기 위해 베트남으로 왔지요. 큰 덩치 때문인지, 제 눈에 포근하고 든든해 보였어요. 첫인상이 제 맘에 들었으니, 남편의 많은 나이는 그저 숫자에 불과하다고 생각했습니다.

무엇보다도 전 한국으로 가고 싶었어요. 제가 운이 좋은 건지, 남편은 참 좋은 사람이었습니다. 결혼하고 행여나 부모님과 연락을 잘 못할세라 한 달에 한 번씩 꼭 국제전화카드를 사줬습니다. 또 충전금액이 떨어지진 않았는지 오히려 저보다 절 더 챙겨주는 사람이었죠.

그런 남편이 하루빨리 보고 싶어 한 건, 바로 아이였습니다. 말도 잘 통하지 않는 남편, 그럼에도 전 남편의 마음을 잘 알 수 있었거든요. 그랬기 때문에 저의 유산 소식을 알고 누구보다도 실망한 건 남편이었을 거예요. 남편은 되레 제게 미안하다고, 다 자기 탓이라고만 합니다.

"차라리 제게 화를 내요, 여보."

"아니야…. 내가 당신을 잘 챙기지 못한 탓이야. 타국에서 혼

자 나만 바라보고 사는 것도 힘든데, 내가 몇 배나 더 챙겼어야
했는데…. 아이는 또 가지면 돼…. 당신 몸부터 추스르자. 유산도
애 낳은 거랑 똑같데. 이거부터 좀 먹어."

　남편이 끓여준 미역국을 먹으면서 속으로 다짐했습니다. '꼭
당신 닮은 아들 낳을 거예요.'라고 말입니다.

　저는 이 남자를 만나게 된 걸 너무 감사하게 생각합니다.

　여보, 국경을 넘어 당신을 만난 거, 너무나 행운이라고 생각합
니다. 사랑합니다.

■ 쉬어가기

인생 살다 보면 가끔
물음표(?)를 던지고 싶을 때가 있잖아요.

그런데 그 물음표에 대한 답을 찾기 힘들 때,
그땐 차라리 그냥 느낌표(!)만 던져보세요.

난 할 수 있다!
반드시 해낼 거다!
꼭 될 거다!

부호만 바꿨을 뿐인데 어떠세요?

■ memo

....

....

....

....

....

....

....

....

....

....

....

'별 거'가 '별거'가 된 날

남편 이야기

연애기간이 길었던 저희 부부는 결혼 5년 차입니다. 하지만 한때는 지독한 권태기를 겪었습니다. 저희는 서로에게 첫사랑입니다. 남자는 첫사랑을 잊지 못하고, 여자는 마지막 사랑을 잊지 못한다고들 하잖아요. 저희 부부에게는 서로가 첫사랑이고 서로에게 마지막 사랑이라고 생각했죠.

제가 아내를 고등학교 때부터 죽어라 쫓아다녔죠. "우리 결혼은 언제 할까?" 습관처럼 하던 말이 정말 현실이 되던 순간, 뛸 듯이 기뻤습니다. 8년의 긴 연애 끝에 한 결혼이었지만 이보다 더 행복할 순 없었죠. 그 행복을 깨트리기 시작한 건 저였습니다. 좋다고 쫓아다니고 사랑한다고 하루에도 수없이 외쳐댈 때는 언제고 어느 순간부터 그 감정이 무뎌지기 시작했죠. 연애 시절 아내는 "언젠가 네 사랑도 시들해질 거야. 그땐 슬퍼서 어쩌지?" 라고 말하면 걱정 말라고 큰소리쳤던 저였습니다.

헌데 언제부턴가 싸움이 잦아졌죠. "당신, 변했어!" 툭하면 변했다는 말로 꼬투리를 잡는 것이 싫었습니다. 사람은 누구나 변하기 마련인데 저 정도면 양호하다고 생각했거든요. 말꼬투리를 잡는 아내와 모든 게 다 짜증나는 저는 하루에도 수없이 충돌했습니다. 그러던 어느 날, 아내가 당분간 따로 살자는 말을 했습니다.

"이혼이라도 하자는 거야?"

제 말에 아내는 아무 말도 하지 않았습니다. 홧김에 그냥 짐을 챙겨 집을 나왔습니다. 일주일은 정말 속이 다 후련했습니다. 고등학교 때부터 매일같이 지속되던 아내의 간섭에서 벗어났기 때문이죠. 밤늦게까지 술 마시고, 여직원들하고 커피를 마셔도 간섭할 사람은 없었습니다.

근데 정말 딱 일주일이더라고요. 일주일이 지나니까 그때부터 아내 생각이 간절했습니다. 2주쯤 지났을까요? 그때부터는 후회도 같이 밀려왔죠. 그렇게 망설이다 보니 한 달이 훌쩍 지나있었습니다. 더 이상 망설일 수만은 없었습니다. 그러다 정말 돌이킬 수 없을 것만 같았죠.

아내는 그냥 제 삶의 일부입니다. 헤어진다는 건 한 번도 생각해본 적 없었고, 우리가 헤어질 거라고도 생각해 본 적이 없었죠.

전화를 걸자마자 "언제 들어올 거야?" 아내의 이 한마디에 얼마나 기분이 좋았는지 모릅니다. 아내는 그렇게 절 기다려줬습니다. 아내에게 미안하다는 말을 미처 하지 못했는데 오늘이라도 미안한 마음을 전하고 싶네요.

"여보, 미안해. 앞으로 내가 정말 잘할게."

아내 이야기

한 달 전, 남편과 별거를 시작했습니다. 결혼한 지 5년 만에 결정한 일이었죠. 남편과의 다툼이 잦아지다 보니, 별거 전부터는 다툼도 하지 않았습니다. 지금 생각하면 지독한 권태기였던 것 같아요. 그때부터 우리 두 사람이 살고 있는 집은 집이라기보다는 그저 잠을 자는 곳일 뿐이었죠. 부엌 싱크대에 다 먹은 밥그릇이 쌓여있던 게 언제인지 기억도 나지 않을 정도로 남편과 저는 말도 섞질 않았습니다.

별거 전날, 퇴근 후 남편과 저는 우연히 엘리베이터에서 마주쳤습니다. 7층까지 올라오는 내내 그 좁은 공간에서 저희는 처음 보는 사람들 마냥 말도 주고받질 않았습니다. '지금 들어오는 거야?'. '저녁은 먹었어?' 부부들이 나누는 흔한 대화도 한마디 나누질 않았죠.

답답함을 견디지 못한 건 저였습니다. 집에 들어오자마자 가방을 신경질적으로 내려놓으며 소리를 질렀습니다. "이렇게 살 거면 차라리 따로 살아. 따로 살면 답답하지는 않을 거 아냐. 숨 막혀서 더 이상은 못 살겠어! 당분간 따로 살자."

저희 두 사람 사이에 아이가 있는 것도 아니고, 이른 결혼 탓에 아직 30대 초반인 저희 부부에게 별거는 그리 어려운 결정은 아니라고 생각했습니다. 홧김에 소리를 질렀지만 남편과 이혼할 생각으로 말을 내뱉은 건 아니었습니다. 그저 답답한 마음에 저도 모르게 짜증이 폭발을 해버린 거였죠.

그러나 화가 난 남편은 바로 나가버리더군요.

그렇게 남편 없는 집에서 저 혼자만의 생활이 시작됐습니다. 왜 각방을 쓰지 않았는지는 아직도 모르겠습니다. 차라리 각방을 썼다면 별거까지 이어지지는 않았을 거라는 생각도 들었죠. 별별 생각을 하다 일주일이 가고, 한 달이 가고, 시간은 빨리도 흐르더라고요.

몇 번이고 먼저 연락을 하고 싶었지만, 그놈의 자존심이 뭔지. 전화 한 번 하는 게 그렇게 힘들지 몰랐습니다. 그러다 남편에게 먼저 전화가 걸려왔습니다. "잘 지내?" 첫마디에 참았던 눈물이 왈칵 쏟아졌죠.

"대체 언제 들어올 거야?" 남편의 전화 한 통화와 제 말 한마디로 우리의 짧고도 길었던 한 달간의 별거 생활은 어제부로 청산

했습니다.

　유난스러웠던 결혼 5년 만의 권태기…. 언제나처럼 먼저 손을
내밀어준 남편이 정말 고마웠습니다. 늘 처음 같을 순 없겠지만
남편과 항상 행복했으면 합니다.

▪ 쉬어가기

어느 관계에나 권태기는 존재하는 법이죠.
권태기, 그 시기는 어쩌면
두 사람의 관계가 더욱
돈독해지기 위한 과정일지도 몰라요.

겨울을 지나 봄이 올 무렵, 꽃샘추위가 찾아오듯
권태기 역시 어쩌면
관계의 꽃샘추위가 아닐까요.

잠시 떨어져 각자의 꽃샘추위를 견디고 나면
분명 봄이 올 겁니다.
그땐 내 곁에 있어요, 당신.

■ memo

....

....

....

....

....

....

....

....

....

....

....

일찍 철든 아들

엄마 이야기

아들이 중학교 2학년 때 남편이 교통사고로 세상을 떠났습니다. 남편을 앞서 보낸 제가 무슨 할 말이 있겠냐마는 남들은 보험금이라도 받았을 거 아니냐고, 왜 그렇게 궁색하게 사냐고 할 때마다 목이 메입니다. 남편의 사고는 뺑소니였어요.

제게 남은 건 두 가지였어요. 마르지 않는 눈물, 그리고 어린 아들이요. 정말이지, 죽고 싶은 적이 한두 번이 아니었습니다. 그런데 그런 상황에서 먼저 기운을 차린 게 아들이었습니다. 어린 나이에 아버지의 뺑소니 사고는 충격 그 자체였을 텐데 말이죠. 아들은 그때부터 생활전선에 뛰어들었습니다.

신문배달이며 우유배달까지, 어린 나이에 안 해본 게 없습니다. 저는 머릿속이 마비라도 된 건지, 그렇게 일하고 돌아온 아들에게 겨우 섞어찌개 끓여주는 게 전부였습니다. 어떤 음식을 해야 하는 건지도 생각이 나질 않았어요. 사실 말이 섞어찌개였지 이것저것 남은 반찬들을 넣고 끓인 잡탕찌개였습니다.

하지만 오직 그 섞어찌개 하나만으로 음식을 내도 아들은 정말 맛있게 먹어주었습니다.

지금 제 아들 나이 27살, 아들은 얼마 전부터 검정고시를 시작했습니다. 제대로 된 졸업장이 없으니 아들이 일하는 곳이라곤 늘 아르바이트 정도나 할 수 있는 곳이니까요. 이 못난 어미 먹여 살리겠다고, 낮에 일하랴 밤엔 공부하랴. 하나뿐인 아들이 고생하는 걸 보니 너무 미안하고 마음이 찢어질 듯 아픕니다.

하나뿐인 내 아들아, 너를 이렇게밖에 키우지 못한 이 못난 어미를 부디 용서해다오. 미안하다.

아들 이야기

아버지가 돌아가신 후 내내 누워만 계시는 어머니를 보고 있는 건 정말 힘든 일이었습니다. 한창 뛰어놀 나이인 저도 학교에 갈 수 없을 정도로 너무 힘이 들었습니다. 하지만 그런 어머니의 모습을 보는 게 점점 길어지자 두려워지기 시작했어요. 아버지는 갑작스런 교통사고로 잃었지만 이러다가 어머니도 잃을 것 같다는 생각이 들었거든요. 그래서 전 과감히 학교를 중퇴했습니다. 온갖 궂은일도 마다하지 않고 아르바이트며 식품 공장에서 잡일 등으로 돈을 벌었습니다. 어머니는 2년 만에야 정신을 차리셨죠. 그제야 제가 학교를 그만둔 사실을 아셨죠. 하지만 저를 말리지는 못하셨습니다. 나중에 안 얘기지만 어머니는 이중고였다고 하시네요. 뺑소니로 보낸 아버지에 하나뿐인 아들을 중학교도 못 나오게 만들어버린 장본인이 됐다며 눈물 마를 날이 없으셨다고 합니다. 아들인 제게 미안해서라도 더욱 열심히 살고 싶으셨다고요. 그런데 그것 역시 녹록치 않았던 것이겠죠. 어머니가 저를 위해 할 수 있는 일이라곤 그저 찌개를 끓이는 일 뿐이었다고요. 섞어찌개가 바로 어머니의 정성이 들어간 유일한 음식이었습니다.

적어도 제게 있어서만큼은 가장 맛있는 찌개, 바로 어머니의 섞어찌개죠. 서른을 코앞에 둔 지금도 가장 좋아하는 음식입니다.

어머니 그거 아세요? 들어가는 재료가 매번 달랐기 때문에 엄마의 찌개는 늘 다른 맛을 냈다는 거 말이에요. 2년 동안 누워만 계시다가 저를 위해 음식을 손수 차릴만한 기운을 내신 것만으로도 전 너무 감사했어요. 이 사실을 아마 어머니는 모르실 겁니다.

어머니, 전 오늘도 그 섞어찌개를 먹고 힘을 내서 일하러 갑니다. 아직까진 사회에서 여러 가지로 부족한 모습의 아들이에요. 하지만 어머니가 만든 섞어찌개의 힘이 얼마나 위대한지, 제가 곧 보여드릴게요. 대학에도 들어가고 좋은 직장도 꼭 잡을 겁니다.

어머니만 제 옆에 그대로만 계셔 주세요. 어머니는 제 삶에 없어서는 안 될 가장 큰 힘이고 에너지니까요. 곁에 계셔서 감사합니다. 사랑합니다. 어머니.

■ 쉬어가기

예전에는
양부모 다 있는 게 가족의 근본이라고
생각했던 적이 있어요.
하지만 어느 순간부터 알게 됐어요.
편모, 편부 밑에서 더 훌륭하게 성장해
본이 되는 친구들이 더 많다는 걸요.

오히려 편모, 편부라는 사실 때문에
더 바른 성장을 하기 위해 애쓴다는 걸요.

편모, 편부 밑에서 자랐다는 사실만으로
편견 갖는 건 금물입니다.

■ memo

．．．

．．

．．

．．

．．

．．

．．

．．

．．

．．

．．

다시 돌아온 아들

아들 이야기

    지난해, 결혼한 지 3년 만에 저는 이혼을 선택했습니다. 돌이 갓 지난 아이가 있었죠. 하지만 아내는 양육권도 포기했어요. 아내는 하얀 피부가 참 고운 게 매력인 여자였습니다. 제가 경제력이 많이 부족하긴 했지만, 우린 행복했습니다. 그렇게 믿었어요. 하지만 그 행복이 저만의 행복이었다는 걸 아는 데엔 그리 오랜 시간이 걸리지 않았습니다.

    아내에게 남자가 생긴 것이죠. 그 이후로 아내는 분신 같은 아들조차 내팽개치고 집을 나갔습니다. 저도 마음고생이 심했죠. 하지만 마음 깊이 멍든 사람은 어머니였습니다. 마흔 다 된 아들이 장가가는 걸 그 누구보다도 기뻐했던 어머니, 하지만 저의 이혼으로 어머니의 눈가는 눈물로 마를 날이 없었습니다.

하지만 나이 70이 넘은 노모는 정신을 차려야 했죠. 돌 지난 손주를 키워야 했으니까요. 15킬로그램에 육박하는 손주를 안으면서 어머니는 허리가 뻐근하다고 하셨습니다. 그러면서도 다 늦게 매일 손주를 보게 됐으니, 이보다 더 즐거운 일이 어딨냐고 하십니다. 그래요. 압니다, 어머니. 손주의 재롱을 보시며 애써 눈물을 삼키고 계신다는 걸요. 아마 어머님 속을 꺼내 보이면 까맣게 다 타들어 간 모양새겠죠. 어머니한테 잘 사는 모습 보여드리고 싶었는데, 정말 그러고 싶었는데, 오히려 더 무거운 짐만 안겨드리고 말았습니다.

어머니는 밤이면 팔이며 다리에 파스를 붙입니다. 그 모습을 그냥 바라보고 있을 수밖에 없네요. 어머니는 그저 오늘도 제 걱정뿐이니까요. 당신 마음보다 제 마음 다친 걸 더 걱정하시는 어머니, 그게 바로 어머니라는 존재인가 봅니다. 어머니, 제가 어머니한테 떳떳한 모습 보여드릴 수 있는 그날까지, 건강하게 오래오래 사세요.

어머니 이야기

시장에서 조그만 가게를 하는 아들이 6시 땡 치면 부랴부랴 집으로 돌아옵니다. 아들이랑 다시 함께 살게 된 지 꼭 3년 만이네요.

1남 4녀, 딸 넷 끝에 낳은 유일한 아들은 어렸을 때부터 유독 제 꽁무니만 졸졸 따라다녔답니다. 그렇게 따라다녔는데 결혼도 제일 늦었으니 제 곁에서 제일 오랫동안 함께 산 셈이지요.

그런 아들이 다시 돌아왔습니다. 요즘 말로 '돌싱'이 됐지요. 그것도 애 딸린 돌싱 말입니다. 술로 보낸 시간이 한 달, 차마 눈 뜨고는 아들을 볼 수 없었습니다. 흔히들 성격차이로 이혼한다는데, 아들의 경우는 며늘애한테 남자가 생겨서 이혼한 거니까요. 아들은 충격을 많이 받았는가 봅니다.

그런 아들이 정신을 차린 건, 순전히 제 덕분이라고 하네요. 젊은 엄마들도 보기 힘들다는 자기 자식을 노모가 금이야 옥이야 기르니까요. 아침부터 밤까지 손주를 키우다 보니 아들 눈엔 제 주름살이 늘고 흰머리는 더욱 새하얗게 보인 모양이죠.

그래요, 손주 키운 지 1년이 넘었으니 정말 그런지도 모르겠습니다. 이제는 다 큰 아들. 그러나 예전엔 때릴 수도 없고, 말로 타일러도 도무지 마음 잡지 못했던 아들이, 그런 철부지 아들이 이제 와 문득 제 흰머리와 주름살을 보고 정신을 차렸으니 저는 그저 감사할 따름입니다. 저는 떠날 날이 가깝지만 아들은 살아야 하니까요….

아들은 다시 돌아왔습니다. 결혼하기 전, 열심히 살던 아들로 말이에요. 아들이 예전 모습을 찾은 건 어찌 보면 당연한 일이죠. 다시 마음잡은 아들한테 어찌나 고마운지 모르겠습니다.

우리 아들…. 법 없어도 살 수 있는 그런 착한 아들인데…. 제가 죽기 전에 우리 아들이 다시 마음 맞는 착한 여자 만나 행복하게 사는 모습을 볼 수 있었으면 좋겠습니다. 아들아 그래도 다시 마음 다잡아줘서 고맙다. 힘내라 우리 아들.

▪ 쉬어가기

지금 이 순간의 헤어짐 때문에,
혹은 다른 여러 가지 일들로
자신이 불행하다고 생각하나요?

행복의 한쪽 문이 닫히면 다른 쪽 문이 분명 열립니다.
그런데 닫힌 문만 오래 보고 있으면
열린 다른 문을 보지 못할 때가 많아요.

지금 불행하다고
내게 행복이 너무 늦게 찾아온다고
슬퍼하지 마세요.

행복이 늦게 찾아오면 그만큼
그 행복도 늦게 떠날 테니까요.

■ memo

···

···

···

···

···

···

···

···

···

···

···

4부

은혜

꼭 갚을게요, 아주머니

세입자 이야기

고시원에서 산 지도 어느새 1년이 다 되어갑니다. 작년에 회사를 관두었습니다. 그 후에 청년 창업을 해보겠다고 의류 인터넷 쇼핑몰을 창업했죠. 하지만 결과는 좋지 않았습니다. 그나마 모은 돈도 까먹고 말이죠. 내일모레면 어느덧 30대 중반입니다. 그런데 어떻게 먹고 살아야 할지, 하루하루 사는 게 그저 갑갑할 뿐입니다.

신용카드로 돌려 막고 살고 있습니다. 당장 취직자리 알아보는 게 급선무인데 말이죠. 밀린 월세는 또 어떻게 해야 할지, 막막합니다. 마음씨 좋은 주인분이 한 달 고시원비도 깎아주셨는데, 벌써 5개월이나 밀렸습니다.

그런데 이렇게 밀린 사람이 저뿐만이 아닌가 봅니다. 여기 고시원은 그다지 큰 편도 아니고, 방이라곤 15개 남짓 있습니다. 저를 포함해 모두 어려운 사람들이죠. 고시 공부가 아닌 삶의 터전으로 이곳에서 사는 사람들입니다. 집주인은 나이 지긋하신 어머니뻘 되는 분입니다. 다 자식 같다고 하시더군요. 노후에 고시원으로 먹고 사시는 듯한데, 제대로 독촉 한번 안 하시는 천사 아주머님이십니다.

차라리 제게 큰소리라도 치면 나을 텐데요. 그러면 덜 죄송스러울 텐데 말이죠. 저한테도, 또 옆방 형한테도, 또 그 옆방 학생에게도 독촉은커녕 이렇게 물어봅니다. 불편한 건 없냐, 필요한 건 없냐고요. 그렇게 더 챙길 게 없나 두루 살피니 말입니다. 월세 제때 못 내는 게 어찌나 죄송스러운지 모릅니다.

아르바이트라도 할 생각입니다. 제가 먹고살기 위해서라기보다는 그 아주머님의 고운 마음씨에 보답하기 위해서 말이죠.

아주머님, 괜히 죄송스럽고 아주머님 얼굴 보기도 민망해서 말씀도 못 드렸습니다. 정말 죄송해요, 진작 아르바이트라도 해서 월세는 꼭 드렸어야 했는데…. 내쫓지 않으시고 늘 따뜻하게 대해 주시니 더 죄송스러울 뿐입니다. 무슨 일이 있어도 밀린 월세는 꼭 갚아드릴게요.

주인 이야기

참 이상한 일이죠, 유독 저희 고시원은 어려운 사람들이 많이 찾습니다. 그래서 한편으로 전 이런 생각도 한답니다. 요즘 사람들이 참 많이 어려워졌나 보구나, 하고 말이죠.

사실 한 5년 전만 해도 그랬어요. 고시원은 정말 공부하는 고시생들이 찾는 곳이었죠. 하지만 이젠 취직 못한 직장인들이나 지방에서 올라온 학생들이 대부분이네요. 하긴 등록금은 오를 대로 오르고 고시원이 아닌 원룸 한 달 방값도 만만치 않으니, 어찌 보면 당연한 일일지도 모르겠습니다.

그래선지 15개의 방 중에서 절반 이상이 기본 3개월 이상 월세를 못 내고 있네요. 보증금 없이 한 달에 30만 원 하는 월세를 못 낼 처지라면 굳이 말 안 해도 압니다. 그래도 전 6군데 방에서 월세를 받으니 부자인 셈이죠.

제 나이가 올해 예순 일곱입니다. 여기서 묵고 있는 사람들이 적게는 20대 후반에서 30대 중후반이죠. 그러니 다 자식 같습니다. 그래서 독촉을 못 하겠네요. 저는 그나마 먹고 사는데, 아들 같은 자식들이 힘들게 사는 걸 보니 저도 마음이 좋지가 않아서요. 그런데 며칠 전 5개월이나 월세가 밀린 윤석 군이 봉투를 가져왔습니다. 봉투를 열어보니 한 달 월세도 채 되지 않는, 10만 원이 들어있더라고요. 윤석 군이 이렇게 말하더군요.

"제 성의입니다. 이거라도 일단 드리고, 나머지는 얼른 아르바이트를 해서라도 드릴게요. 죄송합니다."

요즘 사람 같지 않게, 그 말을 하면서 제 얼굴을 똑바로 보지도 못합니다. 어려운 상황 속에서도 저한테 월세를 조금이라도 갚으려는 윤석 군의 마음이 와닿은 탓일까요. 마음이 짠하더군요. 단돈 10만 원이라도 참 고마웠습니다.

요즘엔 방값 내는 것도 미뤄두다가 결국 쥐도 새도 모르게 사라지는 사람도 적지 않거든요. 저는 그저 윤석 군처럼 정직하고 착한 청년이 얼른 자리 잡을 수 있는 사회가 됐으면 좋겠습니다.

다시 취직자리를 알아본다는 윤석 군, 이 친구가 하루빨리 아르바이트가 아닌 제대로 된 일자리를 찾았으면 좋겠네요.

윤석 군, 파이팅이에요~!

■ 쉬어가기

이제 고작 불혹을 넘긴 나이지만
살면서 잘한 일보다
잘못한 일이 훨씬 많은 것 같아요.

그러니 삶이란 어쩌면 남는 장사인지도 모르겠어요.

그래서 지나고 후회 말고
살아있는 지금 이 순간 하루하루를
감사하게 살아야 하나 봅니다.

■ memo

공짜버스

버스기사 이야기

고향에 계신 어머님을 명절에나 겨우 봅니다. 전 효도하고는 거리가 먼 셈이죠. 아들이라고는 저 하나뿐인데 말입니다. 마음으로는 자주 찾아뵙고 싶은데, 그게 잘 안되네요.

그런데 동네에 언제부턴가 제 어머니를 꼭 닮은 할머니 한 분이 보이더군요. 그분은 제가 운행하는 버스를 타기 시작합니다. 그 분을 본 순간 얼마나 깜짝 놀랐던지요. 헌데 버스 요금을 안 내시는 겁니다. 저는 할머니에게 소리쳤죠.

"할머니, 요금 내셔야죠!"

그런데 다짜고짜 할머니가 그러시는 겁니다.

"그냥 좀 탑시다! 내가 지갑을 놓고 나왔어~!"

처음엔 저도 그냥 그런 줄 알았습니다. 헌데 그다음 번에도, 또 그다음 번에도 할머니는 요금을 내지 않았습니다. 저는 아무것도 모르고 할머니에게 말했죠. 그러시면 안 된다고요. 하지만 그 할머님, 제 말엔 굴하지 않고 열심히 버스를 타시더라고요.

그런데 며칠 전에 한 버스 승객분이 그 할머니에 대해 말씀해 주시더라고요. 쪽방촌에서 어렵게 사시는 분이라고요. 그리고 유일한 낙이 공원에 가시는 거라고요. 그런 얘길 전해 들을 수 있었습니다. 워낙 곱게 생기셔서 그런지, 그렇게 사실 분이라고는 상상조차 하지 못했네요.

아, 그냥 아무 말도 하지 말 걸 그랬습니다. 제게도 어머니가 있고, 아들이라고 해봐야 용돈도 제대로 못 드리는 형편인데 말이죠. 제 어머니 생각에 어쩐지 죄송스러워집니다. 앞으론 공짜로, 웃는 얼굴로 태워드려야지, 하고 속으로 다짐했습니다. 그런데 요 며칠 할머니가 보이질 않으시네요. 괜히 저한테 싫은 소리 들으시고 눈치가 보인 건 아닐까요. 그래도 할머니의 유일한 낙이 공원산책일 텐데…. 할머니에게 한없이 죄송해집니다.

할머니, 언제 나오실 거예요. 제 버스 타고 다시 공원에 가실 거죠?

할머니 이야기

저는 쪽방촌에 사는 70대 할매입니다. 아들이 있지만, 같이 살 형편이 못 되죠. 그러다 보니 혼자 살아요. 이렇게 산 지 어느덧 9년이 흘렀네요. 시간 참 빠릅니다. 아들의 모습도, 아들의 목소리도, 세월과 함께 희미해진 지 오랩니다. 정부에서 보조금을 받고 살긴 해요. 하지만 제 삶은 하루하루 먹고 사는 게 스스로가 봐도 놀라울 정도입니다.

저도 이렇게 하루하루 살다가 어느 날 이곳을 떠나게 되겠죠. 영원한 안식처로 향하게 되겠죠. 그걸 생각하면 떠오르는 사람이 있어요. 갈 땐 가더라도, 고마운 마음 꼭 전하고 가고 싶거든요. 그 사람이 누구냐고요? 그 사람은 사실 제 피붙이도 아니고, 저랑 그냥 늘 얼굴만 보는 분입니다. 바로 마을버스 기사분이요. 오전에 잠시 폐휴지를 집고 나면 오후에 제가 늘 가는 공원이 있습니다. 집에서는 버스로 한 10분 정도의 거리랍니다. 경치가 제법 아름다운 곳입니다. 아이들 구경이며 사람들 구경하며 제가 하루

시간을 보낼 수 있는 곳이죠. 그러다 보니 제 단골 놀이터나 다름 없습니다. 그런데 그곳을 매일 출근하듯 가다 보니 버스비도 만 만치 않더군요. 전철이야 무료승차권이 나오지만, 버스는 그게 아니잖아요. 버스 기사 사장이 알면 정말 화낼 일일지도 모르죠. 이럼에도 저는, 버스요금을 외상한 지 오랩니다. 한 번도 갚은 적 도 없고요….

　그런데 바로 어제였습니다. 한동안 감기몸살로 외출을 못 했 어요. 그러다가 버스 정류장에 간신히 나와 잠깐 볕을 쬐고 있 는데, 어디선가 낯익은 사람이 제게 다가오는 겁니다. 버스 기사 였어요. 그 사람은 제게 다가오더니, 뭔가를 내밀더라고요. 그건 바로 버스카드였습니다.

　"할머니 다른 버스도 타시고 다른 공원도 가 보시라고요…."

　그런 말을 제게 건네며 저를 향해서 환하게 웃는 그 사람. 그 모 습을 보니 얼마나 고맙던지요. 40대 후반으로 보이는 그 기사양 반, 좋은 일 많이많이 생겨서 큰 복 누리며 살았으면 좋겠습니다.

　고마워요, 기사 양반.

■ 쉬어가기

건투를 빌어요.
응원합니다.
여러분의 사랑을
여러분의 삶을

힘들더라도 낙담하지 마세요.
실패했다고 좌절하지 마세요.

이번 생은 어차피 모두가 처음입니다.

■ memo

....

....

....

....

....

....

....

....

....

....

....

나의 반쪽을 뒤집으면 너

쌍둥이 동생 이야기

저희 아버지는 얼마 전 심장병 수술을 하셨습니다. 다행히 회복을 잘하고 계십니다. 아버지는 워낙 이 수술 저 수술을 많이 하셨습니다. 그래선지 저희 집에선 걸어 다니는 종합병원입니다. 하지만 아버지의 건강만큼이나 적잖은 걱정이 되는 건, 바로 병원비였습니다. 비교적 쉽다는 수술이었지만, 입원비까지 합하니 천 만 원이 넘는 비용이 나왔네요.

집의 경조사마다 돈이 들어갈 때면, 저는 형한테 미안해집니다. 형은 단 1분 먼저 태어났거든요. 저희는 쌍둥이 형제입니다. 하지만 얼굴 생김새도 다르고, 키도 제가 좀 더 크죠. 오히려 제가 형인 줄 안답니다. 하지만 전 1분 늦게 태어난 동생입니다.

그런데, 1분 먼저 태어났다는 이유만으로 형은 장남에 종손입니다. 형의 어깨는 늘 무겁습니다. 그래도 형은 형이니까요. 어머니는 늘 형에게 더 많은 짐을 지웁니다.

이번 병원비도 그렇습니다. 형은 병원비의 거의 절반 이상을 지불했습니다. 저는 그저 성의 표시만 한 정도였어요. 형은 자기 혼자 학비 벌어서 대학 등록금을 마련했습니다. 때론 장학금을 받기도 했죠. 장학금을 놓치면 대출 받아 대학생활을 이어나갔습니다. 직장인이 된 지금, 대출 빚 갚느라 고생하겠죠.

저요? 저는 그저 동생이라는 이유만으로 편하게 살았습니다. 제가 빚진 것도 다 갚아준 형, 그 형과의 1분의 차이가 이렇게 큰지, 살아가면서 느끼고 있네요. 제 나이 서른 줄이 넘다 보니 이제야 조금씩 철이 드는 걸까요. 형에게 종종 너무 미안하네요.

오늘은 형이 늦게 퇴근합니다. 아버지는 잦은 병치레로 일손 놓으신 지 오래입니다. 실질적으로 집안의 가장인 형은 아마 투잡, 쓰리 잡을 하는지도 모르죠. 그런 형을 으레 그러려니 할 뿐입니다. 저는 오늘도 이렇게 집에 일찌감치 들어와서 아버지 수발하는 어머니를 거들고 있습니다.

형, 늘 미안해. 형을 도와야 한다고 늘 생각하는데, 나는 늘 제자리네….

쌍둥이 형 이야기

쌍둥이 동생은 제게 늘 '너'라고 불렀습니다. 형이라고 부른 적이 없죠. 제가 일곱 살 때였을까요. 동생이 드디어 제게 형이라고 부른 사건이 있었습니다.

그날 전 놀이터에서 그네를 타고 있었어요. 그런데 갑자기 어디선가 나타난 형이 절 보고 비키라는 겁니다. 한 2학년쯤 되어 보였을까요. 전 그 형의 얼굴만 멀뚱멀뚱 쳐다보고 있었죠. 그런데 그 형이 갑자기 그넷줄을 뺏으려고 하더라고요. 뺏기려는 찰나였어요. 저만치서 놀던 동생이 갑자기 나타나더니, 그 형을 향해 소리치는 겁니다.

"야, 너 뭐야~! 우리 형한테 왜 그래!"

졸지에 2대 1이 되어 버린 상황이었죠. 그 형이 그러더라고요.

"난 2학년인데, 너넨 몇 학년이야?"

그러자 일곱 살 난 동생이 이렇게 받아치더군요.

"우리 3학년이다!"

키로 봐도, 덩치로 봐도, 도무지 3학년이 아닐 것 같은데 말이죠. 하지만 2대 1의 상황이 되어버리니, 미심쩍으면서도 슬슬 가버리더라고요.

"형, 괜찮아?"

그 뒤로 동생은 저를 늘 형이라고 불렀습니다. 동생은 저보다

덩치가 조금 더 크고, 저보다 외향적인 데가 있어요. 제가 종종 코너에 몰리면 언제나 보호막이 되어주는 건 바로 동생입니다. 사실 1분 먼저 태어났다는 이유만으로 형이라는 대접을 받는다는 것도 간혹 웃긴 일이었어요. 그런데 동생은 저를 늘 깍듯이 형으로 모셔주었습니다.

동생은 그러네요. 고작 1분 늦게 태어났다는 이유만으로 모든 걸 누렸다고요. 형은 늘 동생인 자신에게 양보해야 하는 처지였다고요. 모든 걸 저한테 항상 미안해하네요. 이번 병원비도 그랬습니다. 동생은 무슨 뒷돈이라도 주듯이 저한테 봉투를 내미네요.

사랑하는, 그리고 내 하나뿐인 동생 준우야.

이제 그만 미안해하거라. 30년 살아오면서 이젠 적응할 때도 됐잖아~! 네가 이렇게 마음 써주니 고맙다. 고작 1분 먼저 태어났을 뿐인데, 이 못난 형에게 늘 마음 써주는 게 얼마나 고마운지 몰라. 그거 아니? 어렸을 때도 그랬고 앞으로도 그럴 거고. 형은 네가 있다는 것만으로도 늘 든든하단다! 고맙다 내 동생.

▪ 쉬어가기

세상에 우연 같은 건 없대요.
인생에서 일어나는 모든 일에는
다 이유가 있는 법이라고 하네요.
우리 누나가, 또 동생이, 그리고 형이
그래서 더 특별한 이유입니다.

■ memo

....

....

....

....

....

....

....

....

....

....

....

의심하던 날

예원엄마 이야기

　사람이 자신의 실수로 누군가를 의심한다는 게 얼마나 민망한 일인지, 얼마 전에 알았습니다.

　예원이는 이제 25개월 된 딸입니다. 종종 외출할 일이 생길 때, 아이를 맡길 곳이 마땅치 않아요. 그래서 근처에 사는 정민이 엄마가 우리 예원이를 가끔 돌봐주고 있답니다.

　정민엄마는 놀이터에서 처음 만났어요. 정민엄마가 언젠가 한 번은 내게 말했어요. 학원비라도 벌고 싶다고요. 그런 정민엄마의 말에 귀가 번쩍해 예원이를 맡기게 됐지요. 정민엄마의 말로는, 남편이 창문 샷시 일을 하신대요. 한때는 먹고살 만했는데 요즘엔 많이 어려운가 봐요. 그래요. 정민 엄마는 그저 가계가 어렵다는 걸 솔직히 얘기했을 뿐이죠. 그런데 그 솔직함이 결과적으로 정민엄마의 약점이 돼버린 일이 생기고 말았어요. 제 결혼반지가 없어진 겁니다. 5부짜리 다이아몬드가 박힌 백금반지인데요.

화장대를 아무리 찾아도 안 보이더라고요. 그때 문득 생각난 게 정민엄마였습니다. 우리 집에 혼자 있는 사람은 정민엄마뿐이었으니까요. 하필이면 잃어버리기 전날 우리 집에 하루 종일 있다 간 사람도 정민엄마였습니다.

"정민엄마, 혹시 내 다이아몬드 결혼반지 못 봤어요?"

"글쎄, 난 못 봤는데…."

"정말 못 봤어요? 그게 얼마짜린데…."

"예원이 엄마, 말 이상하게 하네."

결국 정민엄마와는 얼굴을 붉힌 채 헤어지고 말았네요. 그런데 그 다이아몬드 반지가 예원이 기저귀 가방에서 나왔지 뭐예요. 그제야 기억났어요. 전날 외출하면서 반지가 행여라도 예원이 얼굴에 상처를 낼까 봐 반지를 빼 둔 기억 말이에요. 그래요, 제가 깜빡한 겁니다. 그걸 깨달은 순간 정민엄마에게 너무 미안하더라고요. 스스로에게 민망하기도 했고요. 정민엄마한테 뭐라고 사과해야 할지요. 잘 찾아보지도 않고 괜한 의심부터 한 스스로가 너무 원망스럽네요.

정민엄마, 정말 미안해요.

정민엄마 이야기

　예원엄마가 제게 예원이를 맡길 때, 참 고마웠습니다. 아무 인연도 없는데 놀이터에서 자주 만났다는 이유만으로 저를 믿고 맡긴 거니까요. 요즘 세상이 흉흉하니, 누구에게 아이를 맡기는 일조차도 망설여지는 시대잖아요. 그러니 고마웠죠. 그런데, 결국 사건이 터지고 말았습니다.

　저희 집은 가난합니다. 하지만 아무리 그렇다고 해도, 남의 다이아몬드 반지를 탐낼 만큼 가난하지는 않았습니다. 물론 예원엄마가 저를 의심할 법도 합니다. 저 같아도 아마 그랬을 거예요. 화장대에 올려둔 반지가 다리가 달린 것도 아니니 말이에요.

　처음 저를 의심했을 때, 저는 생각했습니다. 다시는 예원엄마를 보지 말아야겠다고요. 한번 의심한 사람이 두세 번 의심하지 말란 법은 없으니까요. 그런데 참 희한하더라고요. 고작 3개월간, 그것도 일주일에 서너 번 예원이를 봤을 뿐인데, 예원이가 눈에 참 밟히는 겁니다.

　헌데 저도 자존심이 있으니 제 발로 다시 갈 수도 없는 노릇이고요. 그러니 이제 예원이도, 예원엄마도 지워버리자 지워버리자 하는데, 그게 참 쉽지가 않더라고요. 그런데 마음이 통한 걸까요. 예원엄마가 예원이를 데리고 일주일 만에 저를 찾아왔습니다. 그러더니 이렇게 말하더라고요.

"정민엄마, 나 반지 찾았어요. 예원이 오늘 여기서 놀게 하면 안 될까? 내가 예원이 먹을 거랑 전 좀 부쳐왔는데…."

예원이가 나를 올려다보며 반가운 목소리로 불렀습니다.

"이모~"

"그래 예원이 왔구나~ 안 되긴! 되지…."

예원이의 반가운 목소리, 그리고 민망한 듯 시선을 떨구는 정민 엄마의 작은 목소리가 모든 관계를 한순간에 회복시켜 주네요.

예원엄마, 우리 이제 진짜 돈독해진 것 같아. 다시 예원이 맡겨 줘서 고맙고, 또 나와의 관계를 회복하려고 찾아와 준 것도 고마워. 대신 이제부터 더는 미안해하기 없기다~!

■ 쉬어가기

의심이란 건 참 희한해요.
한 편의 드라마틱한 소설을 만들어 내니까요.

하지만 함부로 소설을 쓰진 마세요.

보통 막 쓰는 소설이 삼류소설 되기 쉽듯,
섣불리 하는 의심도 그렇게 되기 쉬우니까요.

■ memo

··
··
··
··
··
··
··
··
··
··
··

정직의 힘

그 여자 이야기

저는 조그마한 소형차를 몰고 다녀요. 아직은 6개월 남짓 된 초보 운전자이기도 합니다. 헌데 주변에서도 절 보고 운전 잘한다고, 감각 있다고 얼마나 칭찬이 자자한지 몰라요. 남자친구도 그런 말을 하고요. 그래서 조금 으쓱대며 다니긴 했는데요. 그런데 역시 사람은 자만하면 안 되는가 봅니다.

며칠 전에 있었던 일입니다. 주차를 하려고 보니 주차구역이 넉넉하게 두 칸이나 비어있더라고요. 이런 일이 별로 없는데 말이죠. 그래서 잘됐다 싶어 멋지게 후진주차를 했죠.

그런데 후진하는 순간, 쾅! 소리가 나는 겁니다. 분명 두 칸이나 비어있는 곳으로 후진을 했는데, 잘못 보고 차를 박은 겁니다.

조금 당황스럽긴 했지만, 내려서 확인해보니 제 차도 그 차도 살짝 긁히긴 했어요. 하지만 자국은 거의 보이지 않더라고요. 그래서 전 아무렇지도 않게 그대로 집으로 갔습니다. 그런데 그 다음 날 출근하니, 저 때문에 회사가 발칵 뒤집어졌더라고요. 뺑소니라는 둥, 경찰서에 출두해야 한다는 둥 알고 보니 차주가 CCTV로 저를 찾아낸 겁니다.

그분을 찾아가서 자초지종을 얘기하면서도 얼마나 죄송스럽던지요.

"제가 이제 6개월 된 초보 운전자라서요. 어떻게든, 배상을⋯."

이렇게 말하니, 한 50대로 보이시는 그분이 그러시네요.

"아가씨, 이런 건 바로 그 자리에서 전화했으면 서로 이해하고 해결할 문제였는데⋯ 사과 한마디 없이 그렇게 가는 게 아니에요. 이 정도 긁힌 걸로 배상을 원했던 건 아니었습니다. 이건 기분 문제이기도 하죠."

뺑소니를 쳤다는 생각에 부끄럽기도 하고, 어찌나 죄송하던지. 운전이 문제가 아니고, 기본 에티켓부터 다시 배워야 할까봐요. 정말 죄송했습니다.

그 남자 이야기

승용차를 몰고 다니다 보면 참 별의별 일을 다 겪습니다. 제 차를 보면 곳곳에 흠집이 여러 군데거든요. 정말 한두 군데가 아닙니다. 곁에 주차했던 차들과의 가벼운 접촉이 있었던 탓이죠. 그럴 때면 우리나라 차량 운전자들 생각에 참 씁쓸해집니다. 남의 차야 어찌됐든 자기 차만 괜찮으면 된다는 심보일 테니까요.

이번 사건도 그랬습니다. 주차장에서 마침 제 사무실 직원이 접촉 광경을 목격한 거죠.

"사장님, 누가 사장님 차를 박고 가네요. 근데 연락처도 안 남기고 그냥 가던데요?"

그 얘기를 듣고, 순간 얼마나 화가 났던지. 확인해보니 차량의 앞 범퍼가 살짝 긁혔더군요. 그래서 CCTV로 그 용의자를 바로 찾아냈습니다. 막상 찾아내니 연신 죄송하다며 고개를 숙이더라고요. 그렇게 마무리를 하려고 하는데, 다음날 아침 일찍 저를 또 찾아왔습니다. 양손에는 향기 좋은 커피와 샌드위치를 들고 말입니다.

그 모습을 보니 막상 제 딸아이 생각이 나더라고요. 차가 많이 긁힌 게 아니기 때문인지는 몰라도, 화는 조금은 풀리더군요.

그런데 이 아가씨, 제가 괜찮다고 하는데도 계속 보험 처리를 해주겠다고 합니다. 보험처리 할 만한 건 아니라고 해도 굳이 배상을 해주겠다고요. 사실 자국이 눈에 보이는 둥 마는 둥 하거든요. 하루 그러고 말겠지, 했는데. 그다음 날도 또 그다음 날도 저를 찾아오네요.

그러니 오히려 그 아가씨한테 고맙다는 생각이 다 들더라고요. 요즘 세상에 젊은 친구라면 손해 보는 일은 웬만하면 안 하려고 할 텐데 말이죠.

"사장님, 사실 제가 이번에 고쳐드리지 않으면 별일 아닌 듯 다음번에도 그저 죄송하다는 말 한마디로 무마하려고 할까 봐…. 제가 운전을 너무 겁 없이 해왔거든요."

그렇게 말하는 그분에게 이런 한마디 건네고 싶습니다.

'아가씨, 고마워요. 그래도 배상해주려는 그 예쁜 마음만 받을게요. 대신 다음에는 그렇게 뺑소니치지 말아요. 그거면 됩니다.'

■ 쉬어가기

세상에는 보이지 않는
CCTV 같은 눈이 많습니다.

그래서 투명하고 정직하게 살면,
오히려 그렇게 해서 당장은 손해 보는 것 같아도
결국 그렇지 않더라고요.

아마 그런 경험 한 번쯤은,
해본 적 있지 않으세요?

■ memo

....

....

....

....

....

....

....

....

....

....

....

진정한 친구가 곁에 있나요

그의 이야기

제겐 둘도 없는 불알친구가 한 명 있습니다. 제가 부러워했던 친구 중의 하나였죠. 그 친구는 집안이 넉넉했고, 전 아니었거든요. 어릴 때 그 친구 집에 가면 온갖 신기한 장난감이 가득했습니다. 때론 그 친구 집에서 함께 살고 싶었습니다. 친구를 향해 늘 인자하게 웃는 아버지의 모습은 제가 꿈꾸는 아버지상 그 자체였습니다. 아버지를 일찍 여읜 저로선 그저 부러울 수밖에요.

모든 걸 누리고 사는 것 같았던 친구. 그 친구가 방황을 시작한 건 이제 막 사회생활을 시작했을 때였습니다. 사회생활이라고 해봐야 저에게 해당되는 얘기였지, 그 친구는 계속 대학원 생활을 하고 있었습니다. 그런데, 친구의 아버지가 사기를 당한 충격으로 쓰러지면서 돌아가셨습니다. 빚쟁이들이 몰리면서 집안은 한

마디로 풍비박산 났습니다.

친구가 힘들어할 때, 제가 해줄 수 있는 유일한 일은 그저 술친구가 되어주는 일뿐이었습니다. 그런데 그 뒤로 친구가 잠적을 해버렸어요. 그리고 5년 만에 다시 나타났습니다. 하지만 얼굴을 보니 힘들었던 지난 세월을 말해주는 것 같더군요.

그런 친구가 제게 어렵게 돈 얘기를 꺼냈습니다. 돈 있을 때 만난 친구들은 다 떨어져 나가고, 곁에 남은 사람이 아마 저뿐이었나 봅니다. 그런데 참 희한하죠. 이 친구가 갚을 능력이 있을까, 이 친구한테 빌려주면 언제 받을 수 있을까, 하는 생각이 먼저 들었습니다. 그러니 선뜻 '그래! 빌려줄게!' 하는 소리가 나오지 않더라고요.

결국 전 거절했습니다. 그 친구가 빌려달라는 돈의 3분의 1정도를 그 친구 손에 쥐어줬습니다. 갚지 않아도 된다는 말과 함께요. 그런 뒤로 그 친구와 다시 연락이 끊겼습니다. 자존심이 상했던 걸까요. 어느덧 가족을 꾸리고 살면서 옛 친구를 생각하고 있습니다. 지금은 어디선가 잘 살고는 있는지, 그때 왜 선뜻 도와주지 못했는지, 친구에게 미안해집니다.

친구야, 보고 싶다!

친구의 이야기

남들도 다 그렇게 사는 줄 알았습니다. 제가 남들보다 여유로운 삶을 누릴 수 있었던 건 모두 아버지 덕분이라는 사실은 일찍이 알고 있었습니다. 그런 아버지가 돌아가신 후, 사람들로부터 이런 대접을 받으리라고는 꿈에도 상상 못했거든요. 하지만 사고가 난 후 가족들은 뿔뿔이 흩어졌고, 제가 기댈 수 있는 유일한 벗은 그 친구가 전부였습니다. 아버지를 일찍 여읜 그 친구는 늘 의젓했으니까요. 제가 무슨 말이든 꺼내면, 그 친구는 이미 다 경험해서 초월의 경지에 오른 것처럼 저를 다독여주었습니다.

그런 그 친구가 고마우면서도 한편으론 제 자신이 너무 부끄러웠어요. 고작 아버지 돌아가시고 아무것도 할 수 없는, 이런 꼴을 보이는 나 자신이 너무 초라했거든요. 그런데 그 친구에게 결국 돈 얘기까지 꺼내고 말았습니다. 단 한 번도 누군가에게 손을 벌려본 적 없이 살았는데…, 태어나서 처음으로 이 사람 저 사람한테 돈 얘길 많이 하게 되네요. 이렇게 무능력한 제 자신이 너무 싫었어요. 하지만 저도 살아야 했으니까요.

돈 없는 제게 늘 술을 사 준 것만으로도, 신세 한탄하는 제게 늘 희망을 가지라고 말해준 것만으로도, 그 친구는 제게 돈보다도 더 큰 힘이 되어 주었던 친구였는데…. 그 친구가 저한테 이렇게 말하네요.

"아버지가 일궈놨던 것처럼 너 혼자 힘으로 가족을 위해 다시 일어설 수 있는 기회이기도 해. 넌 할 수 있어! 네 곁엔 내가 있잖아! 내가 도와줄게."

그런 그 친구가 제게 어느 날 돈 봉투를 건네주더라고요.

"네가 빌려달라는 돈 전부 다 넣지는 못했어. 하지만 적어도 갚을 부담을 느낄 만큼의 돈은 아니니까. 네가 뭘 하든 조금이나마 보탬이 됐으면 좋겠다."

눈물을 간신히 참았습니다. 그리고 다짐했습니다. 그 친구 돈만큼은 꼭 몇 배로 갚아주리라고 말입니다. 친구야 고맙다. 정말 좋은 모습으로 네 앞에서 다시 나타날게…. 기다려줘. 꼭.

■ 쉬어가기

예전에 전지현, 김수현 주연의
<별에서 온 그대>라는 드라마가 있었어요.

거기서 전지현 씨의 역할이었던 극중 배우,
스타덤에 올랐다가 바닥을 친 천송이.
그녀의 대사 중에 이런 말이 있었답니다.

"내가 이번에 바닥을 치면서
기분 참 더러울 때가 많았는데,
한 가지 좋은 점이 있다.
사람이 딱 걸러져.
진짜 내 편, 그리고 내 편을 가장한 적.
인생에 시련이 오는 거,
진짜와 가짜를 한 번씩 걸러내라는
하나님이 주신 기회가 아닐까 싶다."

■ memo

어머니 대신 형

동생 이야기

얼마 전 하나뿐인 어머니가 돌아가셨습니다. 남편 없이 살아온 긴 세월. 홀로 갖은 고생 다 하시면서 저희 3형제를 키우신 분입니다. 그런 어머니가 돌아가셨는데…. 전 큰형과 크게 한판 붙고 말았습니다. 큰형은 그런 홀어머니한테 참 많은 걸 받은 사람이거든요. 저도 형도 그저 장남은 집안의 기둥이다, 아버지 대신이다, 하시는 어머님의 말씀을 귀에 못이 박히도록 들으면서 컸습니다. 그런 형과 대판 한 건 장례비 때문이었어요. 당연히 큰형이 알아서 내겠지, 했는데 형이 감쪽같이 사라져 버렸습니다. 당장 장례비를 내야 했는데 말이에요. 장례가 끝나고 형에게 말했습니다.

"형, 무슨 일이야? 도대체 어떻게 된 거야? 장례식 하다 말고 사라지고… 겨우 장례비 치렀어."

"다른 사람도 아니고 어머니 장례비야. 그것 좀 냈다고 지금 생
색이라도 내는 거냐?"

적반하장도 분수가 있지. 오히려 형이 화를 내니까 너무 황당했
습니다. 그런데 장례가 끝나고 형수님에게 전화가 걸려 왔네요.

"너무 고마웠어요. 형은 말하지 말라고 하는데, 사실 형, 회사
그만둔 지 오래됐어요. 구조조정 때문에요. 형 성격 알잖아요….
동생들 앞에서 체면 구기는 거 죽는 것만큼이나 싫어하는 거….
그런데다가 주식으로 돈도 날리고… 요즘 생활도 겨우 하고 있네
요…."

그래요. 저도 압니다. 그게 큰형이지요. 아니, 그런 형 덕분에
동생인 제게 형은 늘 든든한 존재였습니다. 그리고 그 누구보다
어머니한테도요. 어머니 돌아가신 충격도 채 가시기 전에 형한테
너무 미안합니다. 형이 뭐라고 말이죠. 늘 형한테 모든 걸 맡기
려고 했습니다. 제게도, 동생에게도 많은 걸 해준 형인데. 형, 힘
내…. 형한테는 나랑 동생이 있잖아. 이젠 우리가 형한테 힘이 되
어줄게! 미안해요, 형.

형 이야기

큰형이란 참 부담스러운 이름입니다. 어렸을 때부터 그랬어요. 행여나 동생들이 저한테 잘못된 거나 배우지 않을까, 제가 혹 잘못된 길을 가면 우리 동생들 앞길도 잘 풀리지 않는 건 아닐까 했죠. 그래서 늘 말도, 행동도 조심했습니다.

다행히 두 동생들은 저보다 더 훌륭하게 자랐습니다. 둘 다 중학교와 초등학교에서 각각 교육자의 길을 가고 있으니까요.

동생들도 마찬가지겠지만, 가장 힘겨울 때 제 유일한 버팀목은 어머니였습니다. 생전에 어머니는 늘 그러셨죠. 제가 때론 친구 같고, 또 때론 남편 같다고요. 그래서 제게만큼은 당신의 속내를 다 털어놓을 수 있었다고요. 그렇게 살아온 시간이 어느새 40년입니다. 그런데 그런 어머니가 돌아가셨으니 마치 혼자가 된 것 같더라고요. 피붙이 없는 고아가 된 것 같았습니다. 더군다나 구조조정으로 회사에서 나온 뒤 힘겨워하고 있을 무렵 어머니가 돌아가셨으니, 고통의 무게는 더 클 수밖에 없었습니다.

그런데 그때 제게 손을 내밀어준 건 다름 아닌 제 동생들이었습니다. 어머니 장례가 끝나고 한 일주일쯤 지났을 거예요. 제 휴대전화에 한 통의 문자가 뜨더군요.

'형, 우린 가족이잖아. 힘들 때 서로 돕고, 기쁠 때 그 기쁨 같이 나누는 가족. 동생도 힘을 보탰어. 형은 원래 능력 있으니까 금방

다시 일어날 거야. 힘내!'

그때 두 동생들한테 받은 1,000만 원은 1억 원, 아니 그 이상으로 소중한 돈이었습니다. 늘 동생들 앞에서 잘난 척만 했는데, 짜식들. 언제 이렇게 다 컸을까요. 형 체면 다 구겨지게.

고맙다. 내 동생들…. 바보같이 이 못난 형은 이제야 진짜 가족이 된 기분이야. 꼭 너희들에게 보답하마, 꼭.

▪ 쉬어가기

빨리 인정받고 싶어 불안하세요?

최고의 불안은
아무것도 하지 않는 것입니다.

고민만 하고 있으면 한 발자국도 떼지 못해요.
비록 원하는 결과가 나오지 않더라도
움직이세요.
불안을 줄이는 첫걸음은
무엇이라도 시작하는 거예요.
그럼 어느 순간 조금씩 다시 앞으로 나가고 있는
나 자신을 발견할 겁니다.

위기를 기회로 바꾸는 성공담,
바로 내 이야기가 될 수도 있습니다.

■ memo

··

··

··

··

··

··

··

··

··

··

··

베풂의 미학

동서 이야기

얼마 전 형님네가 우리 아파트 단지로 이사를 왔습니다. 제일
좋아한 건 제 남편이었어요. 형이랑 운동도 할 수 있고 가끔씩
소주도 한 잔 할 수 있게 됐으니까요. 그러니 남편에겐 좋을 수
밖에요. 그런데 적어도 저한텐 아니었습니다. 아침 7시 30분쯤이
었나요. 초인종이 울리길래 나가보니, 글쎄 형님이 아들을 데리
고 문 앞에 떡하니 서있지 뭐예요.

"형님 이 시간에 웬일이세요?"

"우리 석진이가 컨디션이 좀 안 좋은 것 같아서 동서한테 부탁
좀 하면 안 될까?"

"네…."

우리 집은 졸지에 어린이집이 따로 없더라고요. 우리 집 아이

둘에 형님네 애까지 데리고 있으니 말이에요. 애가 셋이나 되니 온 집안은 난장판이고, 더군다나 까다로운 석진이 입맛 맞추느라 진땀이 다 났습니다. 그런데 하루 이틀도 아니고, 정말 우리 집이 어린이집인 줄 아는지 일주일째 맡기는 겁니다. 이젠 안 되겠다 싶었죠. 그래서 저도 형님에게 한마디 했어요.

"형님, 하루 이틀도 아니고, 언제까지 맡기실 건데요?"

"그래? 많이 힘들었나 보구나. 진작 말을 하지. 어차피 내일부 턴 어린이집 보내려고 했어. 이거, 내가 괜히 손이 부끄럽네."

그렇게 말하며 형님은 제게 작은 상자 하나를 내밀더군요.

"이게 뭐예요?"

상자를 열어보니, 파스텔 톤의 예쁜 스카프입니다. 작은 메모 지엔 이렇게 씌어 있더군요.

'아이 셋 보느라 너무 힘들었지? 동서한테 잘 어울릴 것 같아서 샀어. 고마워.'

순간 형님에게 어찌나 미안하던지요. 형님의 이런 마음도 모르고, 행여나 저한테 애를 떠맡길까 지레 짐작하고 밀어내기부터 했네요. 형님한테 미안한 마음을 어떻게 전해야 할지… 형님, 제 마음 모르시는 거 아니죠? 죄송해요, 형님.

형님 이야기

동서가 참 부러울 때가 있습니다. 요즘같이 맞벌이 부부로 살아도 힘든 때 어떻게 외벌이로도 저렇게 애를 둘이나 키울 수 있을까 싶거든요. 그렇다고 도련님이 대단한 기업에 다니는 것도 아닌데 말이죠. 저는 매일 아침이면 육아 전쟁을 치릅니다. 아침 7시 30분, 일어나지도 않는 아이를 깨워서 어린이집에 맡기고 출근하는 엄마의 심정, 아마 그 기분. 해 보지 않은 사람이라면 잘 모르실 겁니다. 사실 동서가 이사 왔다고 해서 전 참 반가웠더랬습니다. 그냥 제 욕심에 가끔씩은 쉬어갈 수 있다고 생각했거든요. 불과 2개 동 사이에 있는 동서네 집에 맡기니 그렇게 편할 수가 없습니다. 석진이는 동생들을 워낙 좋아하는 아이에요. 그러니 동서네서 돌아오면 오늘 하루 동생들과 함께 있었던 일을 얘기합니다. 그런 석진이 얼굴에서도 웃음꽃이 떠나질 않더라고요. 게다가 동서가 입맛이 까다로운 석진이를 위해 손수 쿠키며 케이크까지 만들어주니, 석진이가 좋아하는 건 이루 다 말할 수가 없지요.

석진이를 맡아준 것만으로도 동서에게 너무 고마운데, 음식까지 만들어주니 동서에게 너무 고맙더라고요. 그런데 동서가 많이 힘들었나 봐요. 원래 힘든 거 내색하는 사람이 아닌데, 언제까지 맡길 거냐는 소리를 다 하는 걸 보면 말이에요.

동서, 많이 힘들었지? 석진이가 동서네 집에 머무는 걸 좋아하다 보니, 너무 길게 맡기긴 했어. 근데 동서, 일주일이었지만 석진이가 너무 행복해해서 동서한테 더 고마웠어. 석진이가 얼마만에 그렇게 맛나는 음식을 먹어본 건지 모르겠어. 동서가 이사와서 가장 좋았던 건, 남편도 도련님도 아니고 나였던 것 같아.

동서, 우리 서로 이해하면서 잘 지내보자. 나한테 미안해할 필요 없어. 내가 동서에게 고마울 뿐이야.

■ 쉬어가기

누군가에게 베푸는 일,
어떤 대가나 보상을 받는 베풂이 아닐수록
복 통장에 복이 쌓이는 일인 것 같아요.

때로는
내가 누군가보다 일을 더 많이 하는 것 같아서
살짝 억울했던 적 없나요?

때로는 내가 더 돕는다는 마음으로
그 일을 가뿐히 해보세요.

언젠가 돌고 돌아 복 통장이 만기가 되고,
나의 복으로 지급되는 날이 올 거예요.
돌고 도는 게 인생이라고 하잖아요.
내가 행한 선한 일은 반드시 복이 되어 돌아옵니다.

■ memo

....

....

....

....

....

....

....

....

....

....

....

....

인생의 사계절, 울고 웃는 세상살이 속에서
사람들이 서로에게 건네는 따뜻한 이야기
누군가의 언 마음을 녹이는 온기가 되길 기원합니다

| 권선복
2018년 TV조선 선정
대한민국을 움직이는 영향력 있는 CEO

인생을 흔히 사계절에 비유하곤 합니다. 사는 일이 그만큼 다사다난하다는 뜻이겠죠. 살다 보면 누구에게나 시련은 찾아옵니다. 하지만 겨울이 지나고 따뜻한 봄날이 찾아오듯 우리네 인생도 마찬가지입니다. 인고의 시간이 지나고 나면 누구에게나 봄날은 오는 법이지요.

이 책엔 서른일곱 편의 이야기가 실려있습니다. 각자 처한 사정이 다른 사람들의 이야기입니다. 이들은 얼핏 보기엔 각자 다른 삶을 살아가고 있는 듯 보입니다. 하지만 서로에 대한 미안함과 고마움을 얘기한다는 점에선 우리 모두의 이야기이기도 합니다.

'미안해', '고마워'. 참 흔한 말입니다. 하지만 흔하다는 이유만으로 잊고 살 때가 많습니다. 때로는 말을 건넬 시기를 놓쳐서,

혹은 알량한 자존심 때문에 따뜻한 마음을 전하지 못할 때가 많이 있습니다. 뒤늦게야 그 말을 전하려 할 땐, 상대방은 이미 곁에 없을 때도 있지요. 마치 뒤늦게야 나뭇잎의 고마움을 깨닫는 나무처럼 말입니다. 살아가는 한 우리는 모두 누군가의 나무이며, 누군가의 낙엽일 겁니다. 주위를 잘 둘러보세요. 내가 그동안 잊고 살았던 고마운 존재들이 하나둘 눈에 들어올 겁니다. 이 책에 실린 글들은 그런 존재들에게 보내는 위로이자, 편지입니다.

시간이 약이라고 합니다. 겨울을 지나면 봄이 오고, 헤어짐 후엔 또 다른 만남이 있습니다. 순환하는 계절처럼 인생 역시 마찬가지입니다. 괴로웠던 순간이 지나면 마치 언제 그랬냐는 듯 살아가기도 합니다. 치유를 가능케 하는 또 다른 힘이 있다면, 그건 바로 말의 힘일 것입니다. '미안해', '고마워'. 이 사소한 말 한마디가 상대방의 마음을 열게 하고, 멀어져가는 이의 발걸음을 불러세우기도 합니다.

너무 가까이에 있는 것들은 보이지 않는 법입니다. 나의 가족, 친구, 형제. 가까이에 있다는 이유만으로 그간 잊고 지낸 것은 아닌지요. 바쁘다는 핑계로 잊고 있었던 사람들에게 먼저 다가가 고맙다는 말을 전해보는 건 어떨까요. 진심이 담긴 말 한마디가 관계의 회복을 가져다 줄 것입니다. 이 책에 실린 글들이 독자의 마음에 따뜻한 등불이 되어 선한 영향력과 함께 힘찬 행복에너지 전파하기를 기원합니다.